KB120722

시간의 천국

시작시인선 0207 시간의 천국

1판 1쇄 펴낸날 2016년 6월 30일
지은이 김길나
펴낸이 이재무
책임편집 김연필
디자인 이영은
펴낸곳 (주)천년의시작
등록번호 제301-2012-033호
등록일자 2006년 1월 10일
주소 (04618) 서울시 중구 동호로27길 30, 413호(묵정동, 대학문화원)
전화 02-723-8668
팩스 02-723-8630
홈페이지 www.poempoem.com
이메일 poemsijak@hanmail.net

©김길나, 2016, printed in Seoul, Korea

ISBN 978-89-6021-277-0 04810
978-89-6021-069-1 04810(세트)

값 9,000원

*이 책 내용의 전부 또는 일부를 재사용하려면 반드시 저작권자와 (주)천년의시작 양측의 동의를 받아야 합니다.

*잘못된 책은 바꾸어 드립니다.

*지은이와 협의 하에 인지는 생략합니다.

*이 책의 국립중앙도서관 출판시도서목록(CIP)은 서지정보유통지원시스템 홈페이지(http://seoji.nl.go.kr)와 국가자료공동목록시스템(http://www.nl.go.kr/kolisnet)에서 이용하실 수 있습니다.(CIP 제어번호: CIP2016015095)

시간의 천국

김길나

천년의 시작

시인의 말

염색공이 인디고 잎을 물 속에서
수천 번 밟아 깨워낸 쪽빛을 거느리고
강물 끝으로 걸어 나와 창공에 걸어놓는다.
오늘 하늘이 쪽빛이다.

여기서 아득하다.

차례

제2부

제3부

제4부

해설

제1부

사과 상자를 두고

사과의 붉은빛이 노을로 번져 흘렀다
사과의 저녁이 왔으므로
사과의 하늘이 열렸을 뿐인데
열린 사과상자에서 사과를 꺼내 먹는 내 손이 벌써
저기, 노을에 걸려 있다

사과가 으깨지는 시간에 사과 향기는
사과밭 시절의 사랑을 날개로 펴고
저쪽 안개 속으로 날아갔다
사과를 두고 서정시를 노래하지 못하리라는 말
사과 향 풍기는 바람을 보내며
사과를 먹어버린 내 입에서 불현듯 튀어나왔다

사과가 떠나자 상자가 평평해졌다
공간이 사라진 평면으로
불 켠 환상이 유성처럼 흘러갔다
환상을 시인보다 빠르게 읊어낸 기이한 목소리
펼쳐지고 접히는 우리의 우주상자가 환상인지도 몰라

안개 그림자

너는 숨겨져 있다
유령놀이는 즐겁다 오래된 우리의 숨바꼭질!

풍경을 장악하고 풍경을 무화시키는 이중의 폭력,
그것은 안개
선명한 것들에게서 단조로움의 권태를 몰아내고 형태의 완고성을 무산시키는 쿠데타,
그것은 안개
싱싱한 장미꽃 이파리를 뜯어내고 먼 데서 모호한 구름을 끌어내려 꽃받침에 접붙인다
장미를 죽였으나 장미의 재창조는 미완이므로
시의 행간에 쌓여 흐르는 환몽,
그것은 안개
'나만을 바라봐 줘' 사랑에 눈 먼 에로스가 연인의 눈에서 타자를 지워버리려 한다
이기적인 성애의 비밀을 비밀 아래 감추는 연막,
그것은 안개
흑백과 천연색 꿈이 꿈밖으로 삐져나와 가상과 현실이 몽롱하게 뒤섞인다
꿈과 생시의 혼접 환상과 실상의 혼돈,

그것은 안개

명료함을 감추는 취향은 차라리 미덕이라고 안개가 안개의 어투로 웅얼거릴 때

펄럭이는 휘장에 가려진 아련한 것들이 눈물방울 같은 별빛을 끌어당기고

내 안개 그림자는 내 키를 넘어섰다

달콤한 숨결을 감고 잠이 엄습한 시간

동침하는 잠과 죽음이 서로 안개를 발설하는 은밀한 몸짓으로 포개어진다

시간의 천국

이곳, 시계포의 시간들을 아나키즘이 장악 중이다
시간의 질서가 어긋난 공간에서 시간은 따로따로 혼자씩 제멋대로 돌아간다

현재가 부재중인 이 시계포에는 고장 난 오늘이 걸려 있다
수많은 시계들이 한결같이 현 시간을 지워버렸다

시간의 굴레에서 풀려나기 좋은 이 시계포에는 이미 **시간의천국**이란 입간판이 세워져 있다
시간의천국에서는 어제와 내일이 나란히 붙어 있다

과거에서 온 정오 곁에서 미래에서 온 밤이 열한 시를 알린다
정오와 열한 시 사이에서 북적대는 혼돈, 계절들은 한자리에 혼재한다

아직도 과거를 운행 중인 시계가 지나간 계절들을 펼쳐 놓을 때
자전 속도가 빨라진 시간에 앞당겨온 내일의 내가 어제의 나를 언뜻 건너다본다

이곳 시계들은 여전히 서로 다른 시간을 보여주고 있다
서로 다른 시간으로 가는 생체시계를 각자 펄떡이는 심장에 달고
이 시계포의 고객들이 시계와 시계 사이 자유 만발한 꽃길을 오가는 동안 시계포의 출입문이 닫혀졌다

현재의 출구를 찾지 못하고 헤매는 시간을
시간의천국이 장악 중이다

꽃의 절벽

승강기는 언제나 지상과 지하를 오르내린다

어둠이 생산해낸 뿌리가 어둠을 파고드는 곳, 거기
녹은 살이 술처럼 익어 생체로 흘러가는 곳, 거기
생과 사의 사랑법을 구근이 자동기술 중인 그곳에서

푸른 길이 올라왔다
경계를 통과해 도착한 물은 유법流法이 바뀌었으므로
위쪽으로 치솟았다
당신은 이 곧추서는 줄기를 생의
척추라 했다
기둥이라 했다
내 척추 뼈에서 이파리가 돋아났다

고층으로 올라온 식물언어학자가 초록 어원을 캐낸
이파리를 들고 잇몸을 드러내며 환히 웃었다

탐미를 수호하는 식물언어학자는 초록을 넘지 못한 나를
넘어 네게로 갔다 그리고
초록에서 붉고 노란 글자를 꺼내어 너를 읽어버렸다

꽃이라고,
꽃의 높이에서 너는 실재로 꽃이 되어 피어났다

식물언어학자가 꽃의 말을 기록하고 있다
내부를 외경화해 꽃이 된 꽃의 고백을 받아 적고 있다
절정에서 추락이 완성되는 비장한 절벽을
황홀한 꽃의 살의를
꽃의 언어로 써 내려가고 있다

꽃이라 불린 네가 고층에서 투신하던 날
식물언어학자는 시집을 들고 절벽 위로 올라갔다
자결을 숙명으로 태어난 꽃의 투신!

이제, 꽃의 절정과 꽃의 자결은 꽃이 지닌 양 칼날이다

지평선

소녀가 눈썹 한 낱을 서정적으로 그려놓았다
지평선이라 했다
지평선 너머는 눈 위의 세상이라 보이지 않는다 했다
또 그 너머는 아득해서 모르는 세상이라 했다

*

눈썹을 지운 너는 지평선 너머를
시간이 너를 지워버린 허공이라 하는데
너를 바라보는 너는 지평선 너머를
너의 모든 어제와 내일이 뒤얽혀 굴러가는 수레바퀴라 하는데
네 안에 갇힌 너는 지평선 너머를
다른 별로 살러 가는 하늘 문이라 하는데
네게서 분화된 너는 그 문을
다중우주를 향해 열리는 소용돌이라 하는데
그것은 또 다중세계에서 지금 동시에 거주하는 네가
네 안에서 겹겹이 마주치나 너는 네게 타인이라 하는데

이미 거대한 구멍은 뚫려 있는 것
구멍, 빛을 감금하고 혼돈을 방생하는 아나키즘의 늪

구멍, 약육을 삼킨 강식자의 피 묻은 혀들이 첩첩이 포개지는 에로틱한 동굴
구멍, 초강력 빨대에 빨려든 연인들을 하나로 맷돌질하는 사랑의 칠흑 구렁
구멍, 죽음의 밀도가 삶을 압착하는 현장

그리고 삼키고 쏟아내는 이쪽과 저쪽의 두 개의
구멍, 그 통로는 위험하고 사건은 잔인하다
식욕이 왕성할수록 허기져 있는 블랙홀이 너와
내가 겨우 피신해 있는 사건지평선을 확 잡아당긴다
물러날 곳이 없다

웜홀 여행
—기이한 순간들

총은 이미 벌레들로 장전되어 있다
별이 죽는 시간을 밤이라 호칭하는 이곳에서
폭발하는 것들의 불꽃이 밤을 꽃피게 하고
현장인 구멍, 거기 격렬하게 빨려들어
숨 가쁘게 발사되는 총알들,
리비도의 소용돌이인 야성의 통로에서 이미
벌레들의 웜홀 여행은 시작되었다
죽음을 통과하는 열정의 속도만큼
경주는 치열하고 통로는 칠흑의 카오스다
생명에 닿기 전 모든 가능성과 파괴가 혼재하는
순간은, 아슬아슬하다 벌레들의 자살이 창궐한다
생성과 소멸이 격돌하는 순간에 픽픽 쓰러지는 벌레들 곁에
이 세상에서 반쪽짜리로 죽어간 것들의 쉼표들이 나뒹군다
마침표는 생사를 가른 가혹한 질주 끝에 완성되었다
이제야 보인다 통로 끝머리에 둥글게 차오른
저것! 사랑의 알이다 갈망이 만월로 부푼
에로스 신전이다!
고독한 닿소리를 꼬리에 매단 벌레 한 마리

마침내 닿는다 목마른 모음으로 출렁이는 신천지에

순간, 생명 프로그램은 자동 시행되었다
별에서 벌레로, 벌레에서 호모사피엔스까지
길고 먼 유전의 여정을 담고 한 줄의 문장으로 읽힐
나는 웜홀 밖으로 나왔다
지구라는 또 하나의 자궁 속으로
자전하는 지구의 블랙홀로

웜홀 여행
—벽 속의 계단

너는 캄캄한 비밀에 싸여 있다
나는 네 벽 속으로, 벽 속의 블랙홀로 빨려들어 갔다
밀실의 넓이가 벽의 두께로 채워진,
공간이 차단된 공간 없는 시간은 멈추지 않는다
시공의 동거가 사라지자 숨 막히는 순간이 이어진다
몸은 압축되고 감정이 풍선처럼 부푼다

벽에 감금된 구름이 얼어 있다
달빛 고드름이 구름처마 끝에 달려 번들거린다
돌이 된 물로 네 벽이 견고하다
네 요동하는 밀실 풍경을 손으로 더듬는다
영하의 바람 속에 구름 성분으로 얼어 있는 눈물을
고드름의 예각으로 푸르게 번쩍이는 비애를
떨리는 손으로 입으로 쓰다듬는다 그래도
너는 울지 못한다
감정의 배설이 단절되었다

빠진다는 것은 감금된다는 것
감금되어 죽어간다는 것
감금과 몰입의 수레바퀴가 도는 블랙홀에

수평 계단이 놓여 있다
그를 건너는 가공할 여정은 이미 시작되었고
무골어족의 빨판을 단 계단이 위험스레 흔들린다
계단을 오를수록 계단에 밀착돼가는 몸이 시나브로 납작해진다
눌린 자국이 유적지의 연대기처럼 몸에 층층이 새겨지고
계단은 멈추지 않는다 자라나는 계단 위에 평평하게 펼쳐지는
평면이 흰빛으로 돌아와 화이트홀까지 밀려나와 있다

웜홀 여행
—씨

아랫도리를 보면 순수의 나이를 알 수 있다

먼 어제를 안으로만 감아들였으므로 그의 아랫도리에는 둥근 회로가 겹겹이 새겨졌다 지구의 공전 속도를 기록 중인 그의 문헌이 펼쳐지고

침묵 속에서 숙성된 풍경이 뒤쪽으로 풀린다 풀리는 시간을 따라 기차 한 대가 회로 내선을 달린다 내부 쪽으로 진입한다

감춰둔 그의 날개에는 부화한 새들의 꿈이 얽혀 있다 달이 수없이 다녀간 밀월의 방은 밤으로 봉해져 있다 기차가 터널을 통과한다

기차가 안쪽으로 거푸 백 년을 내리달렸다 침묵의 퇴적층 층층이 쟁여진 꽃들이 긴 잠을 털고 차례로 깨어난다

어제와 내일이 겹친 모든 오늘이 살아나는 이곳에서는 어제의 꽃이 내일의 꽃을 들고 걸어 나온다

다시 백 년을 달렸다 당도한 곳은 회로 내선의 종점이다
그 마지막 내부인 본원지에 점 한 알 찍혀 있다

거기, 종착과 시발의 합류인 장대한 시공간이 원형으로
돌돌 말려 있다 신기한 세계는 그러니까 씨앗이었던 것!

꽃은 죽고 꽃은 살고, 이 역설의 동력이 집합되고 압축된
몸체는 눈곱만 한 씨앗이었던 것!

종점에서 하차한 나는 티끌만큼 작아져서 말을 잃고 손발
을 잃고 시푸른 구멍으로 빠져들고 말았다

아득한 씨앗우주의 웜홀로 빨려들었다
이제 곧 다른 우주로의 여행이 시작될 것이다

통유리 창

새가 본 유리창은 허공이었을 것이다
내가 본 새는 유리를 통과해 창을 넘어갔다

멈춘 새의 피가 조용하다

눈도 귀도 비운 평면 차원의 투명 속에서
어느 날 아침에 내린 비가 아직 빠져나오지 못하고 있다

투명한 벽은 사방에서 나를 에워쌌다
새 날개가 투명 벽에 부딪쳐 찢어진,
그 통과와 충돌은 새의 양 날개라고 해두자

그런데, 한 세계를 깨뜨린 새의 진동으로 내 손이 떨렸고
들려진 물 잔이 물을 쏟고 깨졌다 그때

포도나무 밭 무지개를 지나 강물 위로 노을이 오고 있었고
양수에서는 백지마다 아늑한 밤이 펼쳐졌으므로
붓 한 자루가, 파열된 조각들을 갈아 갠 먹물을 찍어
페이지를 넘기며 나를 써내려갔다

DNA를 심은 경작지가 책으로 묶여지는 날,
나를 알아보지 못한 나는 엄마의 통유리를 통과해
밖으로 나왔다

닫혀 있어 안이 보이지 않는 밖에서
몇 세기 전의 '나'와 몇 세기 후의 다른 '나'는 나라고 일컫는
제3자 같은 그로 만나 오늘이라는 이상한 시간에
다시금 물 잔을 들고 있는 것인데

깨진 조각들이 잔을 이루어 모여들고
잔이, 흩어진 물을 주어 담는 마술 같은 시간에
물 잔을 들고 있는 것인데
방금 쳐들어온 바람이 통째로 통유리 창에 부딪쳐 깨진다

화성이라는 이름을 지닌

"화성이라는 별은 붉어져 있다.
살아 있는 나는 붉어지고 있다."

별 안에 써넣은 그녀의 필체가 선명하다
그녀가 죽음의 벼랑을 붙들고 타오른 소용돌이에서
불이 질료인 별이 태어났다
별은 사랑으로 반짝거렸다 그러나 별빛은
과거에서만 오고, 별의 폐허는 깊어져갔다

"누가 나를 펼쳐서 황막한 사막을 읽고 있다.
사막의 붉은 구릉을 딛고 그 너머를 넘기고 있다."

아마 붉은 별은 그녀의 책이 되어갈 것이다
화성이라는 이름을 지닌 그녀는 자신과 화성과의
아득한 거리를 돌돌 말아 눈 속에 집어넣었다
그녀는 다음의 문장을 기록해 두었다

"오래 감춰진 내 비경 속으로 이제 탐사선이 이식되고 있다.
내 몸은 구석구석 촬영되고 전송될 것이다. 그러나 내 몸 속에서 탐사선은 내 화신이 되어갈 것이다."

동골 동골 공들의 다공체 옷을 입은 스피릿•이
통통 튀어 화성의 분지에 안착한 순간,
미지의 두려움으로 내 눈꺼풀이 떨렸지
스피릿이 돌들의 고요, 사막의 고독, 모래들의 광풍을 지나
폐허의 침묵 속으로 저벅저벅 걸어 들어갔지
황량함 너머의 황막함까지 길 없는 길이 스피릿, 그를 불렀지
주검의 극지를 보아버린 그는 슬픈 허무로 모자이크 된
화성이라는 이름의 성전에서 결연히 죽기로 결심했지
그가 홀로 걸어간 두 줄기 선명한 선들로
수십억 년 만에 처음으로 그어진 화성 땅의 길을
나는 두근거리는 가슴으로 보았어
아득한 지평선 너머에 있는 친구 오퍼튜니티•를 그리워하며
혹한 막이 비탈에 기대어 화성의 살인적인 겨울을 버티어내고
그가 산 위로 올라섰을 때, 그때 화성에서의 일몰 아래 펼쳐진
풍경들은 내 눈물에 가 없는 그리움을 심어준 아득한 절경이었어

화성의 봄날, 그가 눈뜬 쓸쓸함으로 지평선 너머 쓸쓸함을 불러낼 때,

불쑥 그녀의 몸이 일렁이며 꿈틀꿈틀 경련이 일었지
빅토리아 분지에 꿈틀거리는 물결무늬,
물에서 나온 돌들이 몇억 년을 접고 어제인 듯 물의
시절로 돌아가 과거에서 깨날 줄 모르는,
그 몇 개의 돌을 지구에 전송했지

"나는 과거에서 와서 과거로 간다.
내 몸은 죽은 별에서 왔다. 그런 까닭으로
내 고독은 불치의 형벌이었다. 이제,
누가 나를 닫고 다른 별로 전송하고 있다."

그녀가 가버린 자리에서
그녀의 마지막 문장을 읽는다
그녀의 문장 너머로
무섭도록 쓸쓸한 황무지를 품고
지구인들이 지구 행성을 빠르게 흘러갔다

• 스피릿, 오퍼튜니티: 화성 탐사선.

달에게 투신

밀물과 썰물로 오가며 나를 젖게 한 당신은 루나
당신에게 투신하기 위해 지구를 떠난 내 이름은 큐브셋

어둠을 은장도로 찔러 어둠의 피에 달빛을 심던 달은
여기에 없다 달을 향한 지구에서의 내 오랜 서정의
초원은 지금 황무지다
달을 예찬한 서정시들이 모두 달에서 죽는다
달빛 아래 열렬했던 에로스가 여기 달에 와서 죽어 있다
검은 하늘 아래 바람 없는 무음의 세계, 그 고색창연한
적막은 무섭다 정착 없이 유전流轉하는 우주의 미아들이
폭탄처럼 추락한 종언의 유적들을 거느리고 달은
가혹한 고독의 극지로 누워 있다
아무 문자도 새겨져 있지 않은 달은 순수 처녀지로
펼쳐져 있다 그러므로 나는 기록한다

당신 쓸쓸함의 한없는 자력磁力에 내 쓸쓸함이 끌려들어
와 당신을 무섭고도 슬프게 대면한다고 기록한다

끌려들어온 나에게 당신은 혹독한 상처를 결빙시킨 얼음
가슴을 번쩍 열어 보인다고 기록한다

그 가슴 복판에는 당신 인력에 포로가 된 지구인의 광기 도진 환각의 꿈들이 미라로 얼려져 번들거린다고 기록한다

환상을 벗고 당신의 실체를 보아버린 나는 당신의 황량함이 피어올린 극단의 빛을,

극단을 뒤엎는 역설의 미학을 지금 탐색 중이라고 추서를 보탠다

하여, 내 안에 숨은 폐허가 당신의 자기장에 끌려들어가는 순간이 오고

끝내 나는 당신의 적멸을 향해 산화한다고 최후 기록을 남긴다

이제, 나는 없다

풍선

여기, 풍선이 있어요

풍선은 하늘과 땅이 맞붙은 지평선들로 가득
파동치고 있어요

닿을 길 없었던 두 마음이 지평선까지 달려나와
종소리로 떨고 있어요 그러나 종소리는 접혀져 들리지 않아요

납작하게 접힌 구름 아래 수련은 연못을 마시고
수련 이전과 이후를 두릿거리다가 수련을 떠나갔어요

지평선을 넘어가고 넘어온 내 만 년 고독을
접힌 창공이 눌러놓았으나

만 년 동안의 내 슬픔은 사랑으로 가지 못했고
사랑은 아직 태어나지도 못했어요

그런데, 누가 풍선을 불기 위해 푸른 날숨으로 오고 있군요

막 안에서 시간이 팽창하고 우주 풍선이 부풀어 오르는데요
펴진 강물이 휘늘어지는 버들가지를 적시고
점으로 떠돌던 새가 날개를 펴들어 풍선에 실려 날아가고 있어요

어디로, 어디로 날아가는 걸까요?
우주 풍선의 막이 저토록 얇은 것이라면……
그러면,
지금 여기는 풍선 안일까요 밖일까요

밖이라면,
이곳은 또 어느 우주일까요
꽃으로 펼쳐진 목련이 어리둥절해 제 자리를 자꾸 두리번거려요

0시
—우주

그가 내게 물었다
지금 무슨 일이 일어나고 있느냐고
내가 대답했다
물방울 한 알이 지금 막 사라지려 한다고
그가 또 물었다
그러면, 너 있는 곳이 어디냐고
내가 말했다
이곳은 물방울 밖이라고

팽창한 우주 하나가
사라지는 순간에
나는 신처럼
우주 밖에 서서

제2부

외유

밤마다 어둠을 빌어 잠의 장막 속으로 들어간다
꿈의 형식으로 시공을 넘나드는 여러 번의
다중의 생은 난해하다
그러나 꿈속은 언제나 꿈 바깥보다 열렬했다
시공의 순간이동이 가동 중인
꿈이라고 호명되는 꿈속의 꿈을 건너는 꿈
차원이동으로 북적대는 꿈속의 다중 차원들이
지금 어느 초미세구멍에 감겨 있을까
순간의 조립으로 공간이 분절된 그곳에서
시공은 연속성의 행로를 포기했다
목숨의 차원이 바뀌는 건 순간이고
살아 있는 시간 또한 순간임을 알리는 꿈을 빠져나와
우리는 잠시 외유를 한다
꿈밖 세상에서는 이를 생시, 살아 있는 생이라 했다

그믐밤과 보름달 사이

이지러지는 젖무덤
누가 달을 깎고 있나

깎이는 사과 쪼개지는 본체
쟁반 위로 식탁으로 냉장고 안으로
조각조각 흩어지는 사과의 디아스포라!
남은 사과 껍질은 휘어지며 감돌아
사과밭으로 가는 길을 잇고
깎인 달이 금세 창백해졌다
얼굴 가죽이 벗겨진 소는 붉어졌다
뭉텅뭉텅 몸이 잘리는 틈새에서 흘러나오는 것은
붉은 물, 물속에서 회오리치는 것은 붉은 바람
사과 조각들을 혼자씩 입에 넣고
사과밭으로 걸어 들어가는 나 여럿이
갈라진 가슴팍에서 조각달들이
따로따로 뭉클대는 나 여럿이
한꺼번에 딱 마주치는 이상한 그믐밤에
사과는 다 먹혔고
내가 보이지 않게 된 나는 내게서 감춰졌다

*

빗물 그리고 바람이 다시
사과나무의 목관악기 속을 통과해
다다른 둥근 집
사과는 또 처음처럼
자신의 몸 쪽으로 나 있는 길과
그 길을 차단하고야 말 바깥 사이에서
한동안 불콰하게 생시로 매달려 있고
달 조각들이 겨우 모인 보름달 아래

바퀴의 유전자

바퀴가 시간을 말아 감는다
바퀴가 굴리는 길은
바퀴 뒤쪽에서 사라진다

달리는 바퀴 안은 정지의 세계다
바퀴 안에는 길을 버린 바람이 바람 위에
차곡차곡 쟁여져 있다
뒤로 내뺀 나무들이 벌써 바람이 되어 누워 있다
바퀴 아래 깔린 고독한 파열음은 바퀴 안에서 침묵이다

속도를 0으로 내려놓고 바퀴가 멈추자
감긴 길이 풀린다
감긴 시간이 풀린다
순환을 멈춘 영원이 순간,
반짝 눈을 뜬다

바퀴에서 풀려나오는 길의 속도와 풍속 사이에서
너의 집이 지붕을 모자처럼 벗어들고 흔들린다

시계바늘이 거꾸로 도는 길에는

모든 어제가 층층이 피어나고 있다
젊은 아빠와 아기인 할머니가 사는 마을에
어제가 첩첩이 벌어진 목단 꽃이 집집의 담장 안에서 붉다

아침이면, 지구에서 공중 부양의 유전자를 물려받은
바퀴가 별들에게로 가는 길을 묻는다 금세,
길을 박차고 솟구쳐 오른 바퀴 아래로 탁 트인 허공이
깔려든다 그러나 바퀴의 진화는 바퀴의 거세이므로
탈출하는 것들은 바퀴를 달지 않지
날개 발생의 기록을 싣고 지구를 탈출한 우주선들이
우주 공간을 날아가고 있다

바퀴가 사라지자 존재의 중력이 사라지고
동서남북이 사라졌다

빗소리

햇발이 휘어지는 시큰한 무릎에서 일기예보가 켜지는
오후, 의미 없는 바람이 일어 허무의 반죽은 구름에서
부풀었다 허공의 거대한 동공이 닫히는 것은
그늘을 흘리는 구름의 장악력이고
당신과 내 그림자의 최후 망명처인 그늘에
비가 내리는 탓이라 했다 이때
네 몸에서 피어나는 구름이 그늘을 경작해낸다 고
모호한 구름의 어법으로 내리는 빗소리를 들었다 그러므로
비를 맞는 건, 내 심방을 뚫고 새가 날아간 그
혈공穴空의 유적지를 답사하는 것
아마, 비가 새어 나온 곳은 이 늙은 유적지일 것이다 고
비의 유전자에게 악수하는 것
빗줄기가 살갗에 닿을 때
푸르고 붉은 소리로 나무와 지붕들이 중얼거린다
여러 갈래로 비의 방언을 물고 빗줄기가 굵어졌다

승천과 하강의 순환사이나 연대기가 없는 비는
빗줄기와 빗줄기로 갈라지는 즉흥 분열인 비는
사람의 말소리를 훑어 지우는 즉흥 음향인 비는

비를 맞는 건, 그러므로 어제의 김발이 물구나무선
오늘의 빗줄기를 손끝으로 흘리는, 흘리며 더듬는
몽롱한 비의 독법인 것. 또
비를 맞는 건, 미끄러져 흘러간 오래전의 말소리,
그 슬픈 질감을 손가락으로 튕겨보는 것

돌아온 자목련이 비를 맞고 반짝 눈을 떴다
의미까지도 넘어선 물의 언어를
어떻게 구름너머 하늘의 음성으로 들어버렸는지는
꽃 피는 자목련이 지닌 비밀일 것이다

꽃의 블랙홀

나는 귀를 그의 입으로 가져갔다
입 없는 그가 입을 달기 시작한 것이다
이데올로기는 어느 때나 어느 곳에서나
전복되기 위해 존재하는 것이라고
그 입이 말하는 걸 들었다
혁명을 꿈꾸는 돌연변이가 변질시킨 식충식물류의 종족,
그에게서 분출되는 색광은 붉은빛
그 긴 파장에서 섬세하게 흘러넘치는 광파는 황홀
먹기 위해 끌어당기는 마력과
마력에 매몰되는 죽음의 불꽃이 맞붙었다
사멸과 생성을 돌려대고 갈아엎는 통로를
입에서 꽃이, 꽃에서 입이 피어나는 에로틱한 구멍을
꽃의 바깥, 외계에서 누가 들여다보고 있다
지상에서는 꽃잎 한 장에서 폭발하는 별이 자주
눈물로 반짝이고, 잎에서 회오리치는 바람은 드셌다
꽃잎 위로 포개지는 꽃잎들 틈새에서 요동하는 구름,
구름이 감추고 있는 번개,
낱낱의 꽃잎이 제 블랙홀을 덮어 숨기는 비경을
꽃의 바깥, 외계에서 어느 기호가가 기록 중에 있다

심미의 늪으로 빠르게 빨려들어가는 시간이 오고
꽃의 중력에 붙들린 거기, 천 길 낭떠러지에서
한 생애가 단숨에 날아가고
존재를 부수는 시공의 열렬한 소용돌이 속에
조각난 조각의 조각들을, 끝끝내
시간이 멈추는 경계까지 밀어붙이고
그리고는 깜깜한 침묵이다
저녁이 오고, 닫힌 끝과 열린 끝이 주고받는 침묵이
짙은 어둠으로 내려 꽃의 입을 덮는다

사실주의적인 구멍

새의 허공이 바다에 빠졌다
새의 수직 낙차, 공중 벼랑이 바다를 찌른다
뚫렸다 물의 구멍!
본령의 한계선을 넘어온 새,
텅 빈 공중에서 꽉 채워진 물의 세계로 순간 전향한
새의 해무가 격렬하다
극지로 다급하게 휘몰리는 것은 물고기들

바다와 허공을 한 자락씩 가둬놓은 내 집에
춤추지 않는 새와 휘몰이 없는 물고기들이 동거 중이다

물속에서는 물고기들의 미끄러운 군무가 번쩍인다
이들 유전자의 안무가 연출되는 물속 세상은
환상의 너울로 사투를 감추는 현란한 춤판
희열과 공포가 맞물리는 춤의 앙상블에서
시푸른 파랑波浪이 번진다

파랑이 일지 않는 내 집은 무사하다
새와 물고기의 식성이 개조되었다
위기와 기회가 닫혀진 세계 저쪽으로 바람이 몰려간다

파랑의 한복판 절정으로 치닫는 생력의 결집, 초긴장의
극치에서 사실적인 춤이 완성되고
순간의 욕망 미학은 잔인성을 표출한 그 순간에 완료되
었다

이쪽, 허공과 바다를 넣어둔 상자에는
새인지도 모르는 새와 물고기를 잃은 물고기가
함께 졸고 있다 사육의 구멍은 메워지지 않고

새와 물고기가 0시를 통과해 한 몸이 되었으므로
바다에서 나온 물고기는 벌써 물의 구멍을 물로 채워놓
았다

점묘 앞에서

점 · 을 찍는다
와글대는 개구리 울음소리가
점 속으로 빨려들어 간다
점 둘을 찍는다
사방이 고요해졌다
점 셋을 찍는 동안
울음을 삼킨 고요가 함몰되고 밑 없는 우물이 차오른다
우물 속에 시인이 언어를 수장하는 밤이 이어진다
다시 점이 파이고 점이 솟는다
시간이 매몰된 검은 봉분이 솟는다
여자들의 자궁에서는 교합된 점이 요동친다
보면 볼수록 오목하고 볼록한 것이,
바람이 빠져 죽은 검은 구렁에서
해가 휘빨려 들어간 뜨거운 폭포 속에서
형체를 잡아먹은 깜깜한 블랙홀에서
거칠게 달궈진 채 처음의 원점으로
그렇게 동골동골 튕겨 나온다
나는 미술관에 걸린 점묘의 추상 앞에 섰다
마치, 평행 우주 알 같은 점묘에서 알알마다 깨어난
내가 점점이 줄 서 걸어 나오는 대열 어디쯤에서

나는 나를 잃는다 그림 안으로 들어선 이는 누구나
점묘의 점들 속에서 길을 잃는다
구상과 비구상이 색으로 북적대는 미술관에서
미술관의 노선 화살표를 거꾸로 따라간 나는
형체와 선들을 눈에 가득 담고 다시 입구에 도착했다
난감하다 출구가 보이지 않는다

암흑 에너지

미지수 양과 미지수 씨가 거처하는 방 벽은
밤으로 도배돼 있다
비밀이라는 섬유질로 짜 입은 그녀 옷은 모두 블랙이다
비밀 에너지를 감춘 그의 검은 근육질에서는
공룡 알이 꿈틀거린다
사과나무 아래서 알 수 없는 사랑의 중력에 사로잡힌
연인들은 해가 애무해온 햇사과가 나무에서 익기도 전에
서로 알 수 없는 척력에 휩싸일 날들을 예감한다
인력이 미약한 내 집터에서는 꽃피는 날 없이
평화가 시들어갔다
미지수에서 미지수로 이어지는 시간의 끈이
돌발 사건을 너와 나의 공간에 출렁! 부려놓는다
척력으로 흘린 우리의 눈물이 날마다 불어나
지구 행성에서 강물이 범람한다
자꾸 휘어지는 방을 나와 하늘의 별을 노래하는
서정의 밤에도 서로 등 돌려 멀리 달아나기만 했다
너의 별 나의 별이

드높은 환상으로 빛나는 그 밤에 우리가 본 것은
찬란한 별들의 유령이었지

지구 행성에 잠깐 존재하고 있는 우리는 저 별들에게는
닿을 수 없는 한 점 미래인 것
긴 시간의 끈이 과거에 죽은 별에서 온 별빛과 별의
미래에서 온 나를 동시에 매달고 아득히 일렁이고
우리는 비밀 에너지가 가득 찬 하늘과 땅 사이에서
미지수를 더듬다 홀로 떠났다

뱀춤

물결이 봉우리에서 봉우리로 연달아 일렁인다 등고선의 출렁임이다 출렁이는 보행법이다 그 아래 바위는 바위가 아니다 바위이기 이전의 마그마가 죽처럼 쏟아져 나오는 파묵破默이다 뜨거웠던 먼 어제가 불쑥 튀어나와 식어버린 오늘과 교합한다 산정은 햇빛의 성소, 화려한 뱀의 피부에서 기하학의 화법은 햇빛에 빛나고, 채색한 이름을 높이 들어올린 얼굴들이 비늘 돋아 번쩍이는 정상에서는 봉곳봉곳 봉분들이 솟아난다 뱀이 산을 짊어지고 하향하는 날은, 그러므로 산이 한때는 평지였음을 알리는 때이다 높낮이가 무너지고 시공간을 금 그어 갈라놓은 12시와 24시, 여기와 저기가 단숨에 뒤엉킨 무경계의 구부러진 길이 구불구불 뱀에게서 뻗어 나온다 그래도 길을 삼키고 길을 뱉는 춤은 끝나지 않는다 무골의 살은 탑이 되지 못하므로 뱀의 뼈 없는 유연성이 수직성을 거부하므로 무골의 춤은 지평에서 지평으로 이어져 수평선까지 흘러간다 이건, 뭍과 물을 가른 해안선을 삼키고 물속으로 들어간 뱀의 이야기지만, 이야기는 여기서 끝나지 않는다 첫 생명이 막 발생한 시원의 바다를 보여주고 시작의 신호를 보내오고 있다

활

새가 진입한 바람의 길목
그의 과녁은 새다

그가 팔뚝근육 불끈 시위를 잡아당긴다
활 속에서
빵이 부풀어 오르고
공기들이 치자 꽃을 열고 부풀어 오른다
빵과 꽃바람을 먹고도 외발로 선 배고픈 이의
그림자가 혼자 부풀어 오른다
아니다 부풀음을 비워내는,
힘껏 시위를 당기면 당길수록
텅 빈 공백
이윽고 이편에서 저편으로 살이 순간 이동했다
쏜살이다
시간이 쏜살로 날아가고
쏜살이 꿰찬 허공이 양 갈래로 찢어지고
과녁은 뚫렸다
뚫린 구멍,
화살을 물고 새가 빠져나간.

꼬리 감춘 여우

나를 홀리는 여우꼬리에서 복사꽃이 피어나고
복사꽃에서 솜사탕이 부풀고 구름이 부풀고

구름살롱에서는 여우가 감쪽같이 꼬리를 감추지
구름신학의 밀교사원은
미의 마력을 추앙하는 제의로 끓어오르지
변신술로 사냥감을 후리는 매혹을 찬양하고
감춰진 꼬리를 향한 설교가 감미롭지

그런데 왜 꼬리뼈가 갑자기 가려울까?
혹시 나도 꼬리 감춘 여우?
내가 문을 열고 들어올 때
꼬리뼈가 수거해 들였던 꼬리가꼬리에꼬리를물고 뻗어
나와
문이 닫히지 않지
안이 다시 밖이 될 때

나는 꼬리에 꼬리를 달고 끝없이 의심하지
내 꼬리뼈 안에 들앉은 능청스런 여우원숭이를 의심하지
꼬리 감춘 여우를 좋아하는 당신을 의심하고

꼬리 치는 여우를 좋아하는 나를 의심하고
당신과 나 사이에 마침표를 찍으려드는 여우를 의심하지
또 의심하지 문장의 꼬리 감춘 마침표를 의심하지
시를 마무리하려드는 모든 마침표를 의심하지

마침표를 찍어대는 꼬리 감춘 여우가 어느 날부터인가
둔갑을 풀고 물음표 꼬리를 높이 치켜세우는 게 보이지
호모사피엔스의 진화된 꼬리뼈에서
야성의 여우꼬리들이 줄줄이 풀려나오고
어수선한 방의 방문이 아직도 닫히지 않고 있지

물음표가 물음표를 달고

?
구부러지고 휘어져 흐르는
강줄기에서
떨어져 나온 한 점
섬
나는
애초부터 의문 부호였다

☞☆◈♡□▦◐○◎△▽◁▷♤♡♧☏※♀♂▤▨▦▩
▣☜⊙?
이 도형들을 손가락으로 가리키고 의심하는 물음표를 보세요
삼각 사각 혹은 원형으로 둘러친 울타리들을 의심하는 물음표를,
둥근 원만성과 모서리의 완고성을 다 함께 의심하는 물음표를

물음표를 또 보세요
?, 원형 도모에 실패한 휘어진 의식과 그 밑자락에서 삐져나온 점?

?, 점 속에 감긴 끈이 일렁이며 풀려나오는 내밀한 선의 파도, 비밀스런 생의 출렁임?

?, 또 그 선의 파동이 무슨 사건이나 운명의 도형들을 그려낼지는 미지수?

?, 미지수에서 도발에 길들여져 이 순간에도 무더기로 돌발하는 최강의 돌격대?

?, 당신과 나의 갇히고 닫힌 질곡의 각도가 삶의 도형을 지배하는 기하학의 마지막 부호?

그리고

?, 열림과 자유의 막강한 기세로 어디든지 순식간에 달라붙는

?, 고정성을 고집하는 정물들을 확 뒤집는

?, 내실로 쳐들어와 게릴라 전술로 내란을 일으키는

?, 끝내 해답을 원천봉쇄하는 궁극의, 혹은 극한의 영지에서 물음을 위한 물음제국의 독재자로 남는

그리고 그리고……?

0시
—보신각 종소리

꿈속에 얹히는 흰 눈과 잠의 바깥에서 흰 눈을 이고 떠는
마른 가지 틈새로
제야의 보신각 종소리에 부서지는 이의 우수와 종소리의
여운을 붙들고 일어서는 평정, 그 틈새로
만인의 손에서 타오르는 촛불과 임종하는 이의 독방에서
스러지는 불빛, 그 틈새로
생이 사를 향해 절룩이는 비문의 시와 시의 무덤인 백지,
그 틈새로
태어나는 의미와 의미를 뒤엎는 허무, 그 틈새로
쳐들어오는
0시
빠져나가는
0시

그리고 허무를 서른세 번째 해부하는
0시

제3부

피아노와 물방울과
—백건우의 손가락

물방울이 또르르 건반을 굴러다닌다
나무에 깃든 새가 물방울 종을 흔들어 깨워 일으킨
꽃, 꽃은 여러 음색을 켜들고 피어난다
언덕의 흑백 창문들을 두드리고
소리의 층계를 층층이 훑어 오르내리는 손가락 끝에서
낮과 밤이 화려한 폭풍을 몰고 빠르게 뒤섞일 때
생의 광기를 감춘 이는 광란의 고갯마루 위로 휘몰려간다
그리고 너머로 넘겨지고 사라진다
그 고개에서 돌연 번개가 일어 번쩍 순간을 쪼갠다
순간의 분열과 봉합의 앙상블이 시간 안에서
시간 밖으로 흘러나간다
무성음이 소리로 발화하는 경계를 넘어 시간 밖에서
시간 안으로 눈동자를 켠 아기가 신생의 악보를 들고
걸어 들어온다 피아노의 하늘빛이 푸르렀다 흐렸다 하는 사이,
포르티시모에 도착한 손가락이 물방울 속에 떠 있는 별을
웅대한 뇌성으로 터뜨리고 간다

휴지, 그 붉은 흔적

휴지가 붉어졌다 아침에 코를 훔쳐내고
휴지는 단박에 저녁을 끌어당겨 노을빛으로 붉게 젖었다
아침과 저녁 사이에 동백나무는 절정에 오른 절벽에서
붉은빛이 낭자한 꽃을 제 몸 밖으로 떨어뜨렸다
휴지는 떨어뜨린 것들을 닦아내는 것
피를 닦아내고, 밥알을 닦아내고, 눈에 이슬을 훔쳐내는 것
그러나 눈물의 밥을 먹고 피를 흘리는 일이 생의 비애라고
아직은 말하지 말 것

휴지의 흰빛 속에는
잠시 쉬고 있는 흰빛의 불안이 깔려 있다
휴지가 구겨지고 구겨진 불안에서
흰빛의 변색을 예고하는 예언이 출몰한다
휴지의 흰빛 속에는 또
정결과 불결, 그 경계와 차이를 허무는 장치가 들어 있다
길에서 쓰레기통의 전언을 들은 일이 있다
정결의 재생이 불결을 자청하는 휴지에서 태어난다는 말!

나는 그날, 고백을 하기 위해 아무도 모르게 밀실로
들어갔다 변색된 휴지를 들이미는 고해소에서
사제는 내 고백을 새나가지 않게 단단히 봉합했다
안에서 밖으로 나온 생명의 적나라한 노출을
사제는 비밀의 영지로 전송해버렸다

말랑말랑한 내부에서 따스하게 운행하던 물의 족속들이
밖으로 나와 방울지는 것
네 이마에 송골송골 맺히는 땀방울과 속눈썹에 아롱이는
별빛, 그 슬픔의 깊이로 빛나는 우리의 눈물 사이에서
나는 대책 없이 코피를 흘렸다
붉은 꽃이 흥건히 휴지를 적시고 다녀간 날,
나는 그 휴지를 쓰레기통 옆 우체통에 넣었다
지금, 붉은 꽃의 유적인 편지가 네게로 가고 있다

낙화와 꽃 사이

물소리가 나지 않는 곳에서
유수라는 말을 들었습니다

그믐인 오늘 밤, 기다려도
달이 오지 않는 이치일 것입니다
우리가 나오기도 전에 흐름은
동쪽에서 서녘으로 정해져 있었다는 것입니다

정해진 방향에 대한 칠흑이 필묵으로 고이어
붓을 든 손들이 여러 생각을 휘필한 서체로
밤은 밀물로 차올랐습니다

우리는 어둠을 펼쳐 책을 읽는 습관을 길들이고
밤의 관 속에서 눈뜬 미라처럼 멈춰 있다가
나오길 뒤풀이 했습니다

혼자인 시간에 나는 잠자는 바람을 흔들었습니다
내가 내 밖으로 빠져나올 때는
해넘이의 문이 닫힐지 열릴지, 그것이 알고 싶다고
유수처럼 빨라져가는 목소리로 어느 날

나는 내게 말했습니다

화살에 날아온 꽃의 시간이 팽창해서
나무의 문이 열린 걸 두고
나는 개화開花 이전에 낙화를 읽어버렸지만

죽음이 열린 걸 두고는
무덤까지 걸어갔다 나온 그를
당신은 꽃이라 불렀습니다

달팽이 지나가다

너를 나는 달팽이라 불렀다

여기 한 작고도 둥근 집이 있다
비장한 유적이 보존된 달팽이의
회선, 그것 소용돌이다 회오리다
파도와 바람이 다 들어 있다
바람 드센 네 집이 너로 하여 지금은 조용하다

너는 바다 멀리서도 파도소리가 들린다 했다
파도를 안으로 돌돌 말아 감은 달팽이 한 마리가
네 귀안에서 살고 있다고도 했다

달팽이를 좋아하는 너는 어느 시인의 시 「달팽이」를
네 거실로 가져와 걸어두었다

꽃의 자태를 둥글게 몰아간 물의 소용돌이가
지금은 달팽이에게로 와 멈췄다
사랑을 꽃으로 밀고가지 못한 그 남자의 회오리가
오늘은 달팽이에게로 와 평안히 풀린다
불이 바람을 붙안고 휘돈 휘모리 한복판을

살아서 걸어 나온 것들이 이제
휴식의 집에 몸 붙여 살고 있다
느림의 서정으로 촉촉해진 안식의 집이 고요하다
그러므로 집 밖으로 내민 달팽이의 촉수에는
이파리에 길을 연 꽃의 기억이 담겨 있다
달팽이의 물큰한 살에 꽃물이 담겨 있다
그러나 몸 밖은 길이어서 이파리에서 이파리로 가는
초록 길에 다롱거리는 물방울,
물방울 속에서 허무의 예감으로 떨고 있는 눈물방울을
느릿느릿 맨몸으로 떠밀고 가는 달팽이의
보법에서 물결이 인다

너는 시 말미에 몇 행의 자필 추서를 달아놓았다

꽃과 눈물에서 온 물을 삶의 순후한 접착제로 바꾼
달팽이의 복족腹足에서는 끈끈한 점액이 솟지
회오리, 혹은 소용돌이의 흔적으로 파인 몸의
굴곡으로 하여 달팽이가 지나간 길이 깨끗하지
그러니까 오물을 몸으로 닦고 가는 달팽이는
천생 청소부 성자인 게지

(그리고 나는
달팽이처럼 오물 치우는 복족을 지닌 나는
쉼 없이 오물 속에서 오물을 닦아낸 나는
이제, 점액 소진으로 눈물에 휘말려 떠나간다)

그때, 나는 가로를 열어보지 못했다
가로 안의 너를 대면하지 못했다
멀리서만 나는 너를 달팽이라 불렀다

마주친 눈빛

고양이가 된 너를
어둠 속에서 쓰레기더미를 뒤지는
길고양이의 행색으로 이 지상에서 낯설게 마주쳤다

순간, 내게로 건너온 네 눈빛은

동그맣게 뚫린 어둠 구멍에서
방사되는 허기진 광채

빛의 세상에서 도망 나온 야행의 길에
적막이 터져 흐르는 서늘한 핏발

떠나온 행성의 푸른 종소리가 핏발에 섞여 흐르는
두 알의 방울 불꽃

생시와 수면휘장 사이에 걸린,
밤마다 꿈이 상연될 네 스크린에
지구의 바람으로 세워지는 내 흔들리는 그림자

그리고 수없이 그랬던 것처럼 아니 처음인 것처럼

너와 내가 맞부딪친 뼛속의 천 년 고독과 이 세상 배고픔이
순간에서 순간으로 오간 참 쓸쓸하고도 섬뜩한 안광

그 이후로 내 적막도 야행성으로 길들여져
잠이 오지 않는 밤이 이어져 갔다

비옷

모란꽃 활짝 핀 주렴이 처마 끝에 주르륵 걸린다
그 흘러내리는 발 밖은 겹겹의 빗발이고
구름에까지 꽂힌 빗발인데 구름 아래서 기차가 달린다

달리는 기차가 빗줄기를 가위질한다
빗줄기가 수평으로 잘린다 잘린 비는
기차지붕 위에서 매끄러운 맨발로 통통 뛰고 있다
비와 기차에 얽힌 기억 한 컷이 시간을 자르고 일어선다

비 한줄기를 손가락으로 튕기자 안녕!
안녕! 젖은 눈 속에서 쌍쌍이 별이 뜨는 플랫폼으로
소슬한 바람이 모여든다

빗줄기 몇 가닥을 손등으로 건드리자
달리는 기차 차창에 불이 켜지고
칸칸마다 집 떠나온 이들의 호박꽃빛 방언이 흐른다
그리고 기적소리가 홀연히 고음으로 휜다

주룩주룩 내리는 빗 다발을 아예 비옷으로 둘러 입자
목 몽치게 한 것은 삶은 달걀 탓이라고

에둘러 차창으로 고개 돌린 네 긴 머리카락이
찰랑찰랑 흘러내리고
생의 바퀴가 헛돈 빗길에서의 그 빗물
충혈된 네 눈에서 울컥울컥 흘러내리고

기차 한 대가 비를 맞고 쏜살처럼 지나가버린 계절
어제, 그리고 오늘 나는
양다리 걸치고 서서 비의 얇은 갑사피륙에
아른아른 찍혀 나오는 문양들을 보고 있다
벌써 내 지하방은 빗물로 홍건하다

깃털을 두고 떠난 오리

잠을 참 가볍게도 덮는 오리털 이불
펄펄 내리는 눈발이 수면 막 안쪽 꿈속으로 들이칠 때는
잠결에도 이불을 턱밑까지 끌어올렸겠지

깃털 터는 소리,
이불 속에서 새가 꿈틀거리는 날
오리 한 마리 내 턱 밑에서 속삭였지
한번 벗어봐! 옷 벗은 방으로 함께 들어가자!

수면 막 안에서 눈동자가 굴러가고
너는 꿈이라 이름하는 방으로 고혹적인 날개를 달고
날아들었지 우리는 매만져볼 살도 뼈도 없이
그 방에서 흐르는 유령이 되었지
우리는 말 이전의 원초의 소리를 두서없이 주고받았지
말이 아닌 말을 서로 알아듣는 계절에 꽃이 피어났지
시간이동이 광속보다 빠른 이 방에서 종으로 나뉘기 전의
강줄기, 그 상류로 흘러가 우리는 물살 헤치며
두 마리 물고기로 놀았지
아득하고 푸른 물소리가 오리털 이불의 바늘구멍으로
새어나갈 때, 그 구멍으로 깃털 한 닢 빠져나가고

깃털 두 닢 빠져나가고……

따스한 이불이 점점 홀쭉해져서 내 잠이 추워지지

눈을 뜨면 벌써 아침이 도착해 있는 햇빛 방에서

꿈 밖으로 터져 나온 오리털이 날아다니고

나는 오리털을 꽃에게로 가져가 꽃병에 꽂지

웜홀 여행
—벌레구멍

복숭아 향이 먼 회귀선을 넘어와 지금 여기서
붐빈다 한 알의 복숭아 안에 복숭아꽃이 들어 있다
꽃이 입 맞춘 나비들이 꽃 속으로 들어와 날아다닌다
모든 어제의 어제가 깨어 있는 안의 안,
그 중첩된 내부로 누군가 들어왔다
도화 빛 물든 복숭아 표층에 구멍이 뚫린 날,
저쪽 외계 생명체가 이쪽 내부로 들어왔다
꽃에서 수상한 바람이 일고 나비가 들떠 춤추는
이 도화의 비경이 순간 닫치고
외계에서 온 그의 눈이 깜깜해진다
표층을 넘어 맞닥뜨린 이 신세계의 파도치는 어둠은,
그러나 살이 살을 조이는 중력으로 넘쳐났다
이 중력의 무 공간에 터널을 뚫는 일,
집 한 채를 짓는 일
그것은 그의 에로틱한 식사 공법으로 시공되었다
그는 실바람 부는 쪽마루로 달을 불러들여
밤이면 향긋한 애찬을 즐겼다
달물 드는 생살을 갉아먹고 달처럼 환해져갔다
탁월한 자동 건축술인 식食의 시공으로 지은
집 한 채는, 그러므로 그가 존재한 자리이고

그가 남긴 사랑의 유적지였다

그것, 구렁이었다

그에게 사랑은 밥이었으므로

폭력이고 정복이고 그 완성은 죽임이었으므로

먹히는 사랑에 병든 그녀는 물큰해지도록 농익어갔다

나는 벌레 든 그녀를 입에 넣고 삼켰다

구멍 뚫린 도화 빛 세상 한 알이

또 다른 입구로 들어온 것이다

불붙는 돌

석수장이가 돌에서 침묵을 빼낸다 돌이 깨진다 깨진 돌을 던지자 거울이 소리를 질러대고 깨진 얼굴의 파편이 예각을 세웠다 분리된 입술 사이로 깨지는 말들, 말들의 소음이 오늘은 한우생고기집에 마주앉은 너와 나 사이에서 왁자지껄 뭉쳐진다

돌에서 침묵 폭탄이 터지는 것은, 그러니까 살의 분쇄지 지하드 소년병사의 자폭, 그 우레 속 불의 언어를 꿀꺽 삼켜버린 침묵이 돌 속 골짜기를 지나 만 년 동안의 푸른 메아리를 끌고 돌 밖으로 굴러나올 때 발밑은 서걱거리는 모래밭이지 뼛가루 흩날리는 백사장이지

고고학자가 돌에서 압축된 고독의 연대기를 캐내려 돌들 사이에 서 있다 앗! 뜨거워 돌에서 한 번도 보지 못한 불, 불이 보인 것이야 고독의 분화구에서 뿜어져 나오는 침묵이 불붙고 있어 불 샘 깊은 침묵 속 고독이 만 년 동안에 꽃으로 피어난 꽃불을 켜들고 땅 위의 고독들을 끌어들이며 하염없이 너울거리고 있어

불돌에 곁불을 쬐러 지금 홀로인 사람이 옷자락 나부끼

며 터키 올림포스를 향해 가고 있다 신의 언어인 침묵을 엿듣으러 시방 어느 집 없는 길의 사람이 길을 서두르고 있다 돌이 불인 야나르타시[●]는 거기 있다 야나르타시는 오늘 여기 있다

● 야나르타시: 터키어로 불붙는 돌이라고 함.

돌을 물이라고 하는 아기

아기가 꿈꾸는 눈으로 나를 통과해 먼 곳으로 내달렸다
손에 돌을 쥐고 이건 무-우ㄹ이라고 말한 아기가
흐르는 물이 정지된 물그릇을 들어 물을 마셔버렸다

그때 찌익- 자전거 바퀴가 갑자기 멈춰선 파열음이 들려왔다 파열음 쪽에서 돌을 떡처럼 버무려 형상을 바꾸는 조각가의 손이 불쑥 나타났다 그리고 예보 없는 비가 내렸다

비가 눈물처럼 내린다는 말은 돌의 사전에서 수정되었다
아기가 돌을 별이라 호칭하지는 않았지만
나는 집을 치우기 위해 전원을 켜고
작은 블랙홀 하나를 작동시켰다

깨진 별에서 떨어져 내린 먼지 행성들이 힘센 구멍으로 빨려들어 갔으나 바람을 따라 나선 먼지들의 궤도는 치워지지 않았다

남은 먼지에서 해가 뜨고
초록이 새의 날개에서 반짝거렸다

나는 먼지를 피해 햇빛 좋은 유적지를 찾아 여행지의 풍광들을 뒤졌다 내 눈길은 순수 물로 채운 신성한 돌 항아리에 가닿았다 알 수 없는 신전에 놓여진 그 물 항아리에는 아래와 같은 문장이 새겨져 있었다

수많은 시간이 닫히고 열리고
달리는, 0과 1의 이진수에서
끓어 넘치고 녹아내리고 솟아오른 물, 그리고 돌
미지의 접선에서 합체된
저 흐르는 형상들 굽이치는 파도들

먼 곳을 단숨에 다녀온 아기가 아득한 어제를 오늘로 풀어내는 물의 시간에 나는 내가 지어놓은 돌집을 바라보았다

북해도에서

북해도의 바다를 달이 끌어당겼고 달에서 낚은 물고기가 이곳 북해도에 와 있다 북해도에서 아이가 구멍 속 나라*에 빠져들고 있다

식탁 위 아트장식이 식욕을 미화하는 북해도에서 광어회를 젓가락으로 입에 집어넣는다 음식과 말이 드나드는 구멍 속 나라는 지금 분주하다

말이 밥이 돼 들어오고 밥이 말이 돼 나가는 어식語食의 메뉴는 어디에서도 완성되지 않았다 북해도가 북해도에서 멀듯이 어식은 일식에서 멀다

음식을 비워내는 접시에 말들이 수북이 얹히는 사이, 입이 북해도에서 성시이다 푸드 아트실에서 막 나온 식탁 위의 소나무는 소나무가 아니어서 조용하다

먼 어제의 생물이 화석으로 굳은 숯기둥은 오늘의 생물과 음식 사이에 끼어 침묵한다 침묵의 방에 걸린 묵화 속으로 낮 없는 밤이 몰려들어 숯은 캄캄하게 탔다

시간을 닫아걸고 모든 색을 밀봉해버린 칠흑은 침묵의 원전인 것, 칠흑에 뚫린 숯 구멍에서 새어나오는 안개는 오늘의 식사를 장식하는 특수 환몽 효과인 것

낮 동안, 언어가 즐겁게 방생되는 북해도에서 아이가 일상처럼 신 김치를 집어 들어 미생물의 현란한 우주를 구멍 속 나라로 가져갔다

구멍 속의 구멍, 겹겹이 포개지는 구멍 속 안개 나라는 아이가 북해도에서 읽고 있는 구멍 속 나라와는 아직 무관하다

• 구멍 속 나라: 박상률 작인 창작동화집 표제.

잠자는 그네는 누가 깨우는가

그네와 시계추에서 씨줄 날줄이 엮인다
시간에 간섭받지 않는 아이가 그네를 타고
그네 밖에서 실종되었다
나는 아이를 찾으러 놀이터로 나왔다
텅 빈 놀이터에서 그네가 잠을 잔다
깨어나기 위해서 자는 저 달콤한 잠,
앞뒤가 없고 동서남북이 없는 빈 그네 주변을 맴돈다

그네의 잠은 사라진 아이가 흘리고 간 도약의 꿈으로
꽃피고 있다 그네의 잠 위에 새가 앉았다
해의 둘레를 조율하는 그네의 동력은 위대했다
창공을 박차 오른 포물선, 그 꼭짓점에서
아이가 더 높이 창공을 밀어 올렸다 순간,
아이의 비약은 아슬아슬한 추락의 위기,
이때 추락과 그 반동의 힘으로 발생한 날개는 빛났다
중력을 거스르고 추락을 거부한 아이의 무모한 도발은,
그러므로 그네의 잠속에 푸르게 보존되었다
지상과 하늘을 잇는 그넷줄이 낡아 위태로워질수록
그네에서 나부끼는 어린 모험을 그네는 잠 속에서 생생
하게

꺼내놓는다 치솟은 그네의 푸른 정점을 딛고
그네에서 노래하며 춤추고 날며
공중 층계를 오르내리는……

그 아이는 이제 행방불명이다
아이를 가두어 아이를 보존하고자 한 아이의 유괴범이
바람 옷을 입고 오늘 놀이터에 돌아와 있다
그는 그네를 잠에서 흔들어 깨우고 이쪽에서 훨훨,
저쪽으로 시공을 밀어 넣었다 당겨왔다 한다
그가 아이가 다 되어 환히 웃고 있다

아이와 아빠의 도화지

아이의 장난감은 크레파스
아이와 아빠가 도화지에 색을 덧칠하며 함께
논다 빨간색 위에 노란색을 칠하자
엄마의 젖꼭지에 금계랍이 묻어
젖이 쓰디쓰고 젖꼭지가 시든다
아빠가 색 속에 색을 넣고 색 위에 색을 섞어 놓은
검은색, 그것은 성능 좋은 빨대
무엇이나 빨아들여 일상을 전복시키는 숨은 블랙홀
색이 색을 죽이는 형장
무지개를 장사지낸 장지의 곡성
곡성을 꽉 잠근 침묵
그러나 문은 입구이자 출구이지
배가 고파진 아이가 붉은 입술로 검은 빨대를 빨 때,
검은 출구로 빨려 나오는 빨간 사과, 노란 귤, 푸른 포도
그리고 또 딸려 나오는 보라 리본, 주황 나비, 분홍 장미
아이는 머리에 리본을 꽂고 색들이 만발한 꽃들과 논다

아빠가 다시 텅 빈 도화지에 검은 색 밑줄을 긋자
집 마당에 빨랫줄이 걸리고
몸 없는 빨래가 널리고

빨랫줄에서 이 세상 이별들이 펄럭이고

아이가 방 벽에 검은 도화지를 붙여놓을 때는 밤이므로
도화지에서 흘러나오는 소리는 밤물 소리이므로
아이는 물소리를 베고 잠이 들었다
아침에 깨어나보니 아이는 자라나 있었고
아침에 또 깨어나보니 아이는 어디론가 떠나가고 없다

0시

—끈의 파동

멀쩡한 허공이 팽창한다
너와 나 사이에 검은 감정이 부풀고
우주 풍선이 자꾸 부풀어서
우리가 함께 사랑했던 별이 별에게서 멀어지고 있다
별들이 서로 빠르게 달아나고 있다
마지막 0시로 가는 빅 프리즈*

무한대로 뜨겁게 압축된 특이점에서
우주의 첫 시간이 터져나왔다
빅뱅의 0시

0시와 0시 사이, 생성과 소멸의 틈새에서
수많은 가능성으로 파동 치는 시간의 끈
사건은 예측불허다
사건은 누구에게나 무작위로 튄다
시간의 끈에 동시다발로 매달려 있는
너의 웃음 너의 죽음. 나의 분노 나의 사랑……
그러나 이 혼합 상자를 열고 내가 0시를 보는 순간,
지구 탄생의 첫 순간에 태어난 0시에
절대 어둠을 뚫어낸 구멍, 0시에

번쩍! 들이박히는 것,
번들거리는 햇덩이다!
날래게 돋아나 박히는 것,
이글거리는 호랑이 눈알이다!
포효하는 빛의 사냥이 시작되었다
남은 가능성들을 붕괴시킨 0시
남은 가능성이 혼재하는
0시
이
후

● 빅 프리즈big freeze : 우주의 팽창이 지속되고 있는데, 우주 공간온도가 절대 온도 OK(영하 273°C)에 이르러 우주는 최후를 맞게 될 거라는 천문학 계의 가설. 우주 종말 가설 중 현재 가장 유력한 설로 알려짐.

제4부

횡단보도

집과 사람이 질주의 통로에서 나타나고 지워진다
행복한이비인후과가 안경나라에 얹혀 후다닥 사라지고
질주의 옆구리로 쳐들어오는 질주의 행렬
나는 속도로부터 하차해 횡단보도 앞에 섰다
횡단보도 안에는 보행과 질주가 직각으로 교차하는
십자가가 숨겨져 있다
십자가 위 속도를 횡단하는 횡단 선들이 길을 잘라놓는다
이쪽과 저쪽을 갈라놓는다
이 횡단보도의 흰빛 평행선들은 완강하다
횡단보도 양극에 서면 너와 나는 직선의 포로가 된다
이쪽과 저쪽에서 마주보는 너와 나는 서로 만나지 못한다
마주치면서도 동행하지 못한다 보행 신호등 아래서 급하게
나는 너를 스쳐지나가고 너는 나를 스쳐지나간다
직선의 법칙은 단호하므로 누구도 뒤쪽을 보지 않는다
뒤돌아가지도 않는다
횡단보도에서는 아무도 오래 머물지 못한다
이쪽에서 저쪽으로 건너가는 생의 횡단은
횡단보도에서 망각된다

6시 5분 전

그녀의 눈길은 사선으로 흐른다
그녀의 고개가 왼쪽으로 기울어 있기 때문이다
6시 5분 전이라는 별칭을 지닌 그녀는
별칭이 없는 보통 사람들을 낯설어한다
5분 전인 그녀의 언어는 그 경도만큼 생경하다

거실 벽 액자틀 속으로 들어간 얼굴은
그녀 앞에서 언제나 6시에 정지돼 있다
그녀 눈길이 꽃병에 담긴 꽃을 사선으로 흔들 때
정물의 고정성, 그 완강함에 그녀 시력이 흔들린다
흔들린 채로 그녀가 꽃과 꽃병 사이를 간섭한다
꽃과 꽃병의 불화가 불거진다
꽃병이 소리를 지르고 꽃은 흩어진다

그녀가 고개 회전운동을 할 때
그녀는 고개를 반 바퀴만 돌려
동쪽은 서쪽, 지는 해는 뜨는 해라고
이쪽과 저쪽을 뒤바꾼다
그녀의 울음과 웃음이 뒤바뀐다

6시 5분 전에 맞춰놓은 자명종이 운다
사람들과 그녀 사이는 5분 간격
5분 먼저 그녀는 그곳에 가 있다
그녀는 사람들이 다가가는 5분 후 미래다

모자

그는 항상 모자를 비뚜름히 쓰고 다닌다
그의 눈길은 상대방의 정면 시선과 엇나간다
그의 왼손 악수는 상대방의 오른손과 엇갈린다

직립 병은 치유되어야 한다고,
머리 아래로 모자를 쓴 그가 땅을 짚고 팔뚝으로 불끈
일어선다 비어 있는 듯 꽉 찬 허공에 발바닥이 빠진다
거대 직립을 고집하는 것들의 뿌리가 위태롭다
강경한 것들의 기둥이 흔들린다
그의 두 발 위에서 새가 날아다닌다

모자가 그를 벗고 바닥으로 떨어지자
지붕이 벗겨진 집에서 고정 칸막이가 노출된다
칸막이에 고착된 정물들의 방에서
석회화된 생각이 틀 안으로 들어가 박혀 있다
액자에 갇힌 정물화 한 점 정물 위에 걸려 있다
물이 얼고 꽃은 딱딱한 조화로 바뀌었다
칸막이가 쪼개놓은 방에 들어서면 곧바로
벌거벗은 오른쪽이 왼쪽과 반목한다

마침내, 집 부수는 일이 업인 그의 현장에서
깨지는 것은 사각달이 부푸는 사각 틀의 창
매몰되는 것은 집의 뼈대가 뽑혀 나온 붉은 구덩이
그리고 와해되는 것은 동서남북 사방 벽

바람막이 사라진 그의 현재는 집 없는
길이다 현재가 미래를 유인하는
그의 시간이 빠르게 이동하고 있다

2분 동안의 이쪽과 저쪽

지하철 승강장 철로 이쪽과 저쪽에서 사람들이 마주보고 있다
집 나온 사람과 집으로 돌아가는 사람들이 마주보고 있다

떠나기 위해서 안으로 입문하려는 사람들이 마주보고 있다
안과 밖이 교체되는 현장에서 교체될 사람들이 마주보고 있다

2분은 짧고 무관심은 길다
내 안의 타인이 바깥의 타인을 마주보고 있다

공간이동의 속도를 잘라놓는 지하철 정류장에서
반대 방향으로 갈라선 이쪽과 저쪽은 서로 상관하지 않는다

멈춤과 출발의 간극 사이에 생겨난 스크린 도어는 지금 닫힌
문이다 보는 사람과 보이는 사람이 이중으로 닫혀 있다

스크린 차단막에 이중으로 차단된 저쪽 풍경이 점점 몽

롱해진다
　이미 지하로 내려와 있는 것들이 안개 옷을 둘러 입었다

　문이 벽인 스크린 도어에
　어느 여행사의 광고문이 나붙었다

　'여기서 바로 건널 수 없는 저쪽은 시간을 초월한 꿈의 세상이거나,
　시간 바깥의 지하세계입니다. 저쪽으로 가는 환상여행에 당신을 초대합니다.'

　그러나 이쪽과 저쪽의 선로는 원형회로 선상에서 서로 휘어지며 합일된다
　영원회귀 같은 2호선의 순환 전동차가 삼킨 이쪽을 저쪽에다 토해놓는다

들리는 시간

보이지 않는 시간이 귀로 쳐들어온다

시간이 시간의 끈을 자르고 톡톡 튕겨 나온다
째깍째깍, 가위질하는 초침 소리
당신과 나를 가르는 가위질 소리

1초가 1초를 복제하는 1초의 반복 원리
1초가 영원처럼 번식 중이다
1초와 1초 사이를 빛이 달리고 있다
빛이 밟고 지나간 1초와 1초의 거리가 멀다

또각또각, 시간의 끈을 잡고 초침이
초침을 뒤쫓아 온다 그러나
쫓아오는 초침 소리를 빠르게 수집하지 못하므로
현재는 유실되고 오늘이 실종되는 사이
나는 벌써 과거가 돼 있다

똑딱똑딱, 언어의 집을 짓고 허무는
시간이 나를 대패로 밀고 대팻밥 흩뿌리며
내 귀에 대고 뭐라 뭐라 일러준다

살을 깎아 피를 불러내는 시간의 말소리가 밖으로만 떠돌아
나는 내게서 아직 멀다고 내게 말한다

똑똑똑똑, 손에 망치를 쥔 시간이
급기야 나를 두드린다
나의 순간을 번쩍 쪼갠다
순간의 순간에 생사가 교체된다
죽었던 나인지, 처음 태어난 나인지 도무지
알 수 없게 된 내가 거울에 거주하는 나와 마주친다
거울의 목소리, 너 누구니?

새의 기하학

나는 단 한 번 새의 눈과 마주쳤다

내 눈은 날선 칼에 찔렸다
날선 눈빛으로 새가 날아오를 때
바람은 새의 날개에서 접혔다 펼쳐진다
접힌 바람은 캄캄하다

밀도 짙은, 접힌 바람 속에서 터져 나오는
죽은 새들의 날개, 허공이 길을 내주는 것은,
그러므로 바람을 접는 날개의 힘일 터이다

바람으로 포장된 죽은 날개를 떠안고 날개를 펴는
새의 시푸른 긴장, 새가 고독에 달궈 버린 차가운 칼날로
양털구름 몇 조각을 포 떠낼 때

살이 다 녹아버린 구름 포 아래서 나는 배가 고프다

오늘은 폭풍이다
새는 폭풍에 요동치는 궁창의 길 한 가닥을
눈으로 베어내어 지름길을 내고 있다

지름길에서 새는 땅의 구도를 잡아채 땅 위에
점 하나를 찍어놓는다

내가 살아서는 넘나들 수 없는 두 세계를 잇댄
동선이 새의 날개에서 넘실거리며 풀려 나오고
착지하는 새의 맨발에서 집약된다
마침내 새는 궁창과 지상을 관통한 제 기하학을 완성한다

새의 날선 눈에 꽂힌 점에 새의 부리가 꽂힌다

점 속으로 들어가기 위해
새는 점 찍어놓은 먹잇감을 삼킨다

바닥 무지개

달아나는 빛을 정지시켜 놓은 어느 과학자의 방에서
그 빛 몇 가닥 훔쳐와 악기를 만드는 악공이 있다
일곱 줄로 된 악기에서 일곱 음색을 펴내는 악사가 있다

악사가 빨강 현을 건드릴 때
꽃들이 피어나는 앞마당을 화가는 화폭에 담아낸다
그림 밖에서 꽃을 주고받은 눈동자가 달에 들어가 박힌 절경에서
절벽을 예감한 에로스가 피를 쏟아 바닥을 물들인다

악사가 파랑 현을 튕길 때
사막 한 장이 바다로 넘쳐난 시간의 파동을 시인이 기억해낸다
가뭄을 견뎌온 깡마른 여자가 시를 읽고 비를 맞는다
비가 그치고 하늘 한 폭이 바닥으로 내려와 출렁인다

악사가 노랑 현을 긁을 때
노랑 바나나 껍질을 벗겨낸 서예가가 화선지에 표리부동表裏不同이라고 휘필한다
표리부동에 코를 베인 남자가 미끌미끌한 바나나 껍질을

길바닥에 내던진다

악사가 남빛을 건져낼 때
하늘에 절반의 어둠이 섞이고
남색 치마끈을 푼 신방 새색시들을 몰고 온 춤꾼이 밤과 낮의 거리를 한 스텝으로 오간다
깊은 색에 빠진 바닥에서 남빛 뱀이 절반의 허무를 구부린다

악사가 초록을 퍼올릴 때
날마다 초록이 솟는 나무 우듬지를 건축가가 지붕으로 덮어 집 한 채를 완공한다
꽃을 부활시키는 초록 곁에서 가족들이 시나브로 혼자씩 나무속으로 걸어 들어가고
나무는 이파리를 떨어뜨린다

악사가 보라를 뜯는 날
잡초 덮인 묘역의 태토를 붉은 피로 반죽한 도공이 불가마 속에서 도자기를 꺼낸다
흙으로 발효된 주검들을 빚어내 혼불로 달군 도자기가 보

라로 익어 바닥에 놓인다

악사가 주황을 켤 때는
노을이 피고 땅거미가 지고
새들이 노을을 물고 하강하는 착지점에서 완성되는 일곱 줄의 음악과
다시 시작하는 일곱 줄의 시와……

그리고 해가 어둠에 눈구멍을 뚫어 아침이 트이는
시간, 거실 바닥에 무지개가 뜨는 집에서 나는
무지개를 밟았다
무지개는 내 발을 밟고 즉각,
발등으로 솟아올랐다

어느 고고학자의 퇴적층

무거운 지층을 넘겨 고고학자가 연대기 문헌을 읽는다
추상화가 다 된 상형 문체들이 계단에 도열돼 있다
고고학자가 세로식 독서법으로 계단을 내려간다
겨우 한 계단을 내려왔을 뿐인데 수백만 년이 흘러갔다
바람과 구름은 빠져나갔지만, 계단 아래는
익룡의 하늘과 삼엽충의 바다로 넘실거린다
시간의 페이지를 넘겨 고고학자가 시간미라에서 깨어난
활자들을 캐낸다 활자 여기저기서
물고기들이 유영하고
새들이 날아오르고
나 없는 일출에서 나 없는 꽃들이 술렁거렸다
고고학자는 나도 없고 사람도 없는 이상한 세계를
고고학적으로 더듬어 내려간다
원숭이가 돌연변이를 내장한 생물들을 데리고
돌연히 승강기에 실려 바다로 내려와 있었다
바다 속에서는 귀로가 붐볐다 그리고는
생명들은 끊겼다
고고학자가 시간을 더 깊게 파내려가
물질 이전의 시간무덤에 가까이 이르렀을 때
심층深層의 바닥에는 구멍,

구멍에는 별이 없는 허공이 들어와 있었는데
오래전에 활자들을 잡아먹은 물음표가 빤짝
허공을 날아다녔다 이때다
허공, '나'를 살아서 소멸시킨 이 텅 빈 내부는 지금,
누구의 내면인가?
이 마지막 물음을 부려놓는 물음표에서
갑자기 반딧불 한 점 켜진 것인데,
시작은 여기서부터라고 고고학자가 혼잣말을 흘린다
고고학자가 심층心層을 향해 자신의 퇴적층을 연 것이다

흰빛이 모여 있는 곳
—동굴

종이를 구겼으므로 평면은 사라졌다

나는 시계바늘을 거꾸로 돌려놓았다
그때

종이에서 낙엽 부서지는 소리가 들리고
그 마른 소리 끝에서 물 머금은 흰빛 물망초가 반짝
눈을 떴다 나를 잊지 말아줘!
그대 떨리는 말을 흰 가슴으로 받아 안은 새가
백지의 흰빛 심연을 박차고 홀연히 날아올랐다

사라진 첫눈들이 여기 모여 있었구나
삼킨 처녀 설을 백지가 토해낼 때 불시에 펼쳐지는
순결한 설야, 결빙하는 흰빛을 두드리는 종소리가
설야 가득 빛 가루를 흩뿌리며 굴러 퍼진다

그리고는 극지처럼 찾아든 고요

적막으로 배가 부른 나는 곧 깨질 듯이 항아리처럼 앉아
흰빛을 꽃으로 켜든 목련 등불을 만진다

목련 등불 아래서 눈부신 흰빛 웨딩드레스를 묻고 돌아선
그대 소복을 더듬더듬 만진다

붉음에서 흰빛으로 귀향하는 장미를 꺼내려
백지의 동굴 속으로 한 번 더 손을 밀어 넣자
손가락 끝에 아스라하게 짚이는 이것!
봉올봉올 맺힌 봉분들 속에서 첩첩이 열리는 장미꽃 잎,
그 야들야들한 아기살결

그러면 지금 누가 흰빛을 펼쳐들고 읽고 있을까
시원이자 마지막 귀의처인 고요 깊은 경전을

흰빛이 모여 있는 곳
—횡단

펼쳐든 백지에 엎질러지고야 마는 너와 나의
색, 흰빛에 도발하는 문명의 문자를 흰빛에 흘리는
내 손이 떨린다

넓은 설야에 잠을 뿌리는 주범은 북극곰
흰빛을 파고 들어가 흰빛에서 눈 감은 잠
녹아나는 흰빛에 제 털을 뽑아 흰빛을 털갈이하는 잠

백지에 슬린 하얀 잠의 알을 주어먹고
꿈꾸다 쓰러지는 사유의 사산아들,
태어나자마자 자음과 모음이 짝을 잃고 죽어 넘어진다

설야에서의 잠이 깊어 백지의 흰빛이 강성해질수록
극지 모퉁이로 밀리는 유색의 이미지가 흰빛 밖으로 도주한다

그러나 혼돈이 키워낸 몇몇 붙박이는 기호들,
흰빛을 찢는 색들의 반란
이에 맞서 색을 죽이고
문자들을 무화시키는 흰빛의 탄성,

그 틈새에서 꿈틀꿈틀 걸어 나오는 일군의 문장행렬

흰빛 순결 막을 파열시켜 유색의 미학을 도모하는 이것,

흰빛을 찔러 피를 심는 혁명인 이것,

궁극에 닿고자 궁극을 거스르는 이것,

그러면 책을 펼쳐들고 지금은 누가
백지를 갈아엎은 언어의 경작을 들여다보고 있을까
산 자의 백지의 횡단,
살아 있는 이 슬픈 모반의 언어들을

제3의 시간

어둠과 밝음이 살을 섞는 저녁나절에

선명한 꽃이 희미해가고 너와 나의 분간이 불현듯 모호해지지 무엇에도 정답이 나오지 않는 난해한, 그러나 온유한 평토에서 우리는 눈에 피어나는 안개를 사랑했지 저녁어스름에 젖는 너는 네 눈썹 너머로 휘파람을 날려 새를 불러오지

새가 날아 넘나드는 문지방에서 낮과 밤을 한 발씩 밟고 선 너를 그림이 저녁을 배경으로 담아낼 때 낮과 밤을 오래 버무려 벌써 희끗희끗해진 머리카락이, 잘려나간 어제와 어제를 이어 붙이고 낮 밖으로 또 밤의 바깥으로 파도쳐 쏠려 나오지

누가 그 긴 길의 끝을 붙잡고 있을까
둥글게 불 켜진 달에 닿아 어른거리는 길의 비늘

꿈이 조금 일찍 당도한 저녁나절에

너는 꿈의 문지방을 한 발만 넘어 너의 절반이 꿈 안으로

넘쳐 들어갈 때 꿈꾸는 생시와 생시 같은 꿈 틈에 꽉 끼인 너를 뭐라 불러야 할까

저녁에 맴도는 환영과 실물의 칵테일, 혼돈의 주점에서 엎질러지는 잔, 구름에서 걸러낸 술이 비처럼 주르륵 쏟아지고 금화의 노랑에 피가 묻어 나오는 주황은 저녁으로 달려와 노을로 스러지지

중환자실에 전등이 켜지고 급기야는 혼절하다 깨어나다 하는, 장미와 나비 사이의 비경 곁에서 시간 안팎으로 한 발씩을 걸치고 선 네가 의식 밖으로 안으로 나갔다 들어왔다 하는 동안, 네가 네 몸의 재 가루를 들고 서 있는 생의 바깥과 내가 너를 꿈꾸는 죽음의 바깥에서 절반과 절반이 만나 너이기도 하고 나이기도 한 내가 사자의 산실이며 산자의 마지막 방인 중환자실을 왔다 갔다 하고

이쪽 우리는 저쪽의 실재를 죽음이라 했던가
저쪽에서는 환상의 안개 자욱한 이쪽 세상을 죽음이라 할지도

시계에서 나온 계절

시간을 쪼아 먹고
비만해진 뻐꾸기가 시계 밖으로의 탈출을 꿈꾸고 있다
시계가 고장 나고
고장 난 시계에서 시간이 두서없이 오간다

가을이 추억하는 봄날과 봄이 꿈꾸던 가을이 만난 1호실에서
꿈과 추억이 낯설게 겉돈다
소녀인 내가 지천명인 나에게 어디서 온 누구냐고 물었다

사계절이 이어져 도는 2호실에서
여름날의 내가 가을 겨울 봄에서 온 나를 만나
원무를 춘다 불협화음의 실내악이 겨울 악보에서 흘러나와
원무가 하현달처럼 이지러진다

항상 현재인 3호실에 거주하는 0시가
사계를 집합한 내 얼굴을 지금의 나에게 처음처럼
마지막처럼 붙여놓는다 고장 난 시계 밖에서
고장 나지 않은 시간이 오늘에 오늘을 이어달고

알 수 없는 곳으로 칸칸이 달려간다

미래가 과거이거나 아예 시제가 없는 4호실에는
가을이 여름의 오랜 과거로 잎을 떨구고 있다
가고 없는 유령의 별이 빛으로 흘러 벌써
먼 미래가 출산한 아기의 눈으로 들어와 있다
나는 공전하는 지구의 계절 안에서 뒤바뀌고 뒤섞였다
뒤섞인 나는 내 본체를 알아보지 못한다

경계에서

이곳과 저곳에서 새가 없어지고 새가 난다
경계에서 새는 죽고 새는 죽지 않았다

나는 죽은 새와 살아 있는 새를
동시에 지니고 있다

이곳과 저곳을 오고 가는 태양이 경계에서 솟는다
아직 살해되지 않은 꽃이 오고 있다
꽃 속에 동거했던 물이 달콤하고도 여린 성분을 감추고
힘세게 바람으로 오고 있다

경계를 지우고자 꿈꾸며 경계에서 피어나는 슬픈 역설을
우리는 이곳에서 사랑이라 불렀다
흐르는 물, 흐르는 바람, 흐르는 불인 사랑의
열역학과 이동에 대해 아는 바가 없으므로 우리는 침묵했다

동물의 포식성을 혁파하고 성애性愛의 유전자를 개조한
나무들이 길의 경계에 서 있다
혁명은 경계에서 왔다

정복한 피로 초록을 틔운 혁명가의 긴 문법을 읽을 때
초록이 단풍 빛으로 물들고 그 틈새로 제3의 문장이 일어선다
자신으로부터의 혁명[•]은 번번이 자가 숙청되곤 했다
집의 경계에 말뚝 박은 울타리가 견고해져갔다

이곳에서 죽은 별들의 불변의 에너지가 그곳으로
건너가 폭풍이 인다 파도가
넘어온다 이곳에 사건을 부려놓는다

소년이 아파트 옥상으로 올라갔다
옥상과 바닥의 경계에서 소년이 사라졌다
사건은 모든 경계에서 이미 일어나고 있다
경계에서 나는 살아 있고 나는 죽어 있다

• 자신으로부터의 혁명: 크리슈나무르티 작 표제 차용.

나무시집

한때, 견고했고 불꽃이기도 했던 몸들이 녹아 흐르는
물, 삶과 죽음의 소용돌이를 걸러낸
물, 걸러진 고요 속에서 푸른 힘을 뽑아 올린
물, 그 물을 내부로 빨아들이며 나무들이
시를 쓴다

수없이 잎을 지우고

꽃을 넘어온

과육

씨알로 되돌아올 줄 아는 시는, 그러므로
죽지 않는다
나무가 된 시인의 시집을 나는 혀로 읽어 삼켰다
시인이 시 안에서 살고 있는 시를

0시
—평면의 완성

못에 고집 센 사각형이 걸린다
사각형 속으로 사람이 들어와 박힌다
사람이 사진 속으로 들어와 멈춰 있다
오늘이 없고 내일은 오지 않는 사진틀의
귀퉁이로는 바람이 모여들지 못한다
바람의 운동이 부피 팽창이라면
평면의 성취는 비움의 동력에서 오는 것
소란한 귀퉁이마다에서 열렬히 당신을 부풀게 했던
바람이 빠져나갔으므로 당신은 얇아졌다
감정의 이동이 멈추자 당신의 집에서 당신이 없어진다
당신의 빈 집은 뼈대 없는 무골의 집, 거기
천장과 바닥이 맞붙어버렸다
이쪽저쪽 사방 벽이 사라져버렸다
무공간의 차원에서 고요가 압축되는 평면,
무서운 고독을 넘어온 당신에게서 마침내
평면이 완성되었다

당신은 죽었거나
성자聖者이거나

우리가 읽어야 할 내용은
모두 평면에 들어 있고……

해 설

다른 우주로의 여행

이형권(문학평론가)

1. 시와 우주

시인은 먼저 이렇게 말한다. "오늘 하늘이 쪽빛이다.// 여기서 아득하다."(「시인의 말」) 시인이 보고 있는 "하늘"은 우리가 살아가고 있는 지상 혹은 지구를 넘어선 공간으로서 우주라는 말로 바꾸어도 무방하다. "하늘"이 "아득하다"는 것은 인간의 지혜로는 미칠 수 없는 광막한 우주의 상태를 의미하는 것으로 읽을 수 있다. 김길나 시인의 우주적 상상은 이즈음 우리 시단에서 흔치 않은 개성으로 다가온다. 그동안 우주적 상상이 우리 시단에 전혀 없었던 것은 아니지만, 그것은 대부분 정신적 초월이나 신비로운 세계의 차원에서 이루어지곤 했었다. 이를테면 김지하는 "저 먼 우주의 어느 곳엔가/ 나의 병을 앓고 있는 별이 있다"(「저 먼 우주의」 부분)와 같이, 인간이 이룩한 과학적인 지식보다는 신비주의적이고 정신주의적 차원의 우주적 상상을 보여준다. 그러나 김길나의 시는 우주물리학과 관련된 과학적 지식에 기반을 둔 상상을 펼친다는 점에서 김지하의 시와는 다른 모습이다.

과학의 발달이 인간의 시적 상상력에 반드시 도움을 주는 것은 아니다. 왜냐하면 첨단 과학의 발달로 인하여 신화적 세계나 신비의 영역이 상당히 위축될 수 있기 때문이다. 포스트모더니스트들이 문학의 위기를 운위하면서 그 근거로 들었던 것이 인간의 상상을 앞서가는 첨단 과학의 발달이었다. 이를테면 아폴로 11호의 달 착륙이라는 인류사의 대사건은 과학의 차원에서는 매우 유의미한 일이었지만, 시인들은 달이 가지고 있는 신비스러운 영역을 빼앗기면서 시적 상상의 많은 부분을 잃어버렸다. 달 세계는 이제 토끼가 방아를 찧는다는 상상의 공간이 아니라 물도 공기도 생명도 없는 죽음의 땅으로 변해버렸다. 그렇다면 시적 상상과 과학의 발달은 상극적이므로 시를 지켜내기 위해서 과학을 포기해야 하는 것인가? 그러나, 그것은 인간이 이룩한 모든 문명을 포기하고 원시의 시절로 돌아가자는 말과 다르지 않다. 불가능한 일이다. 시인들은 이제 현실의 영역으로 편입된 상상의 세계는 경험의 차원에서 수용하고 더 너른 상상의 세계를 찾아나서야 한다.

이 시집에서 김길나 시인은 우주물리학적 지식과 시적 상상을 절묘하게 결합시킴으로써 시적 영역을 확대한다. 적지 않은 시편들에서 우주적 상상은 지구적 상상으로는 탐구하지 못하는 어떤 광대한 영역을 시의 범주 속으로 편입시켜 주는 역할을 한다. 이 시집에 빈도 높게 등장하는 블랙홀이나 웜홀, 화이트홀과 같은 우주적 개념들이 그러하다. 이러한 개념들은 철학과 예술 분야에서도 시공간에 대한 새로운 인식을 가능케 했다. 그것들은 물론 완전하게 실증되지는 않은 것이어서 과학적 진리라고 보기 어려운 부분도 있지만, 그렇기 때문에 오히려 시적 상상의 영역으로 편입되기가 용이한 측면도 있다. 과학적 가설과 시적 상상은 현실 너머를 추구한다는 공통점이 있기 때문이다. 어쨌든 이 시집을 열면 "다른 우주로의 여행"(「웜홀-씨」 부분) 혹은 '다른 상상 세계로의 여행'이 시작된다.

2. 0시, 시간 너머의 시간

김길나 시인이 우주 세계를 상상하는 동인은 무엇보다도 현실 세계의 결핍을 넘어서기 위한 것이다. 근대의 도구적 이성주의나 획일적 합리주의는 그다지 과학적이지도 인간적이지도 않은 것이라는 사실은 이미 밝혀졌다. 철학적으로는 니체 이후, 과학적으로는 아인슈타인 이후 그러한 비과학적, 비인간적 절대주의를 극복하기 위한 노력은 상당한 수준에서 진행되어 왔다. 김길나 시의 우주적 상상은 그러한 노력의 일환으로서, 특히 근대적 시간관을 극복하고자 하는 상상은 아주 흥미롭다.

이곳, 시계포의 시간들을 아나키즘이 장악 중이다
시간의 질서가 어긋난 공간에서 시간은 따로따로 혼자씩 제멋대로 돌아간다

현재가 부재중인 이 시계포에는 고장 난 오늘이 걸려 있다
수많은 시계들이 한결같이 현 시간을 지워버렸다

시간의 굴레에서 풀려나기 좋은 이 시계포에는 이미 시간의천국이란 입간판이 세워져 있다
시간의천국에서는 어제와 내일이 나란히 붙어 있다

과거에서 온 정오 곁에서 미래에서 온 밤이 열한 시를 알린다
정오와 열한 시 사이에서 북적대는 혼돈, 계절들은 한자리에 혼재한다

아직도 과거를 운행 중인 시계가 지나간 계절들을 펼쳐놓을 때
자전 속도가 빨라진 시간에 앞당겨온 내일의 내가 어제의 나를 언뜻 건너다본다

이곳 시계들은 여전히 서로 다른 시간을 보여주고 있다
서로 다른 시간으로 가는 생체시계를 각자 펄떡이는 심장에 달고

이 시계포의 고객들이 시계와 시계 사이 자유 만발한 꽃
길을 오가는 동안 시계포의 출입문이 닫혀졌다

현재의 출구를 찾지 못하고 헤매는 시간을
시간의천국이 장악 중이다

—「시간의 천국」 전문

이 시는 "시계포"의 많은 시계들이 각기 다른 "시간"을 가리키고 있는 정황을 소재로 삼고 있다. 이처럼 다양한 시간이 공존하는 "시계포"의 모습을 "아나키즘이 장악 중"이라고 한다. 시인은 그곳을 "시간의 질서가 어긋난 공간"으로서 "혼돈"과 "혼재"의 상황을 무정부주의에 빗대고 있는 것이다. 정치적 의미로 "아나키즘"은 무질서와 혼란의 상황을 지시하지만, 다른 한편으로는 그 혼란이 기존의 강고한 국가주의를 극복하게 하는 혁명 정신을 표상하기도 한다. 이 시에서 "시간의 아나키즘"은 절대적 시간이라는 허상을 믿으며 살아가는 현대인들의 강고한 선입관을 벗어날 출구 역할을 한다. 이와 관련하여 저마다 다른 시간을 가리키고 시계들이 전시된 "시계포"의 상호가 "시간의천국"이라는 것은 흥미롭다. 그곳은 "시간의 굴레에서 벗어나기 좋은" 곳으로서 "서로 다른 생체시계를 각자 펄떡이는 심장에 달고" 살아갈 수 있는 세계이다. 그곳은 시간의 획일주의가 사라진, 그 상대성과 다양성이 확보된 곳으로서 "현재의 출구를 찾지 못하고 헤매는 시간을" 온전히 "장악"하고 있는 세계인

것이다. 그렇다면 그곳은 고루하고 경직된 현실("고장난 오늘") 너머에 존재하는 실재의 세계라고 해도 무방할 것이다.

시인은 왜 "천국의 시간"을 상상하는가? 그 이유는 "시간을 쪼아 먹고/ 비만해진 뻐꾸기가 시계 밖으로의 탈출을 꿈꾸고 있다/ 시계가 고장 나고/ 고장 난 시계에서 시간이 두서없이 오간다"(「시계에서 나온 계절」 부분)는 시구에 암시되어 있다. "시계"는 근대 문명과 관련되는 현실의 시간으로서 모험과 도전보다는 안위와 획일성만을 추구하는 속성을 지닌다. 그런 속성을 지닌 "비만해진 뻐꾸기"가 지배하는 세상은 "고장난 시계", 즉 파편화된 시간 혹은 파편화된 의식으로 채워진 곳이다. 그곳을 벗어나기 위해서 김길나 시인은 영속적이고 역설적인 시간으로서의 "0시"를 상상한다.

> 꿈속에 얹히는 흰 눈과 잠의 바깥에서 흰 눈을 이고 떠는
> 마른 가지 틈새로
> 제야의 보신각 종소리로 부서지는 이의 우수와 종소리의
> 여운을 붙들고 일어서는 평정, 그 틈새로
> 만인의 손에서 타오르는 촛불과 임종하는 이의 독방에서
> 스러지는 불빛, 그 틈새로
> 생이 사를 향해 절룩이는 비문의 시와 시의 무덤인 백지,
> 그 틈새로
> 태어나는 의미와 의미를 뒤엎는 허무, 그 틈새로
> 쳐들어오는
> 0시

빠져나가는

0시

그리고 허무를 서른세 번째 해부하는

0시

—「0시–보신각 종소리」 전문

이 시는 "허무"가 인생의 본성이자 시의 본질이라고 노래한다. 그런 허무의 시간은 "보신각 종소리"가 울려 퍼지는 "0시"이다. 이때 "0시"는 삶의 열정과 죽음의 고독이 공존하는 "틈새"의 시간이다. 그 시간은 "만인의 손에서 타오르는 촛불과 임종하는 이의 독방에서/ 스러지는 불빛"의 "사이"에 존재한다. 또한 시의 존재와 부재, 즉 "생이 사를 향해" 나아가는 것과 "시의 무덤"의 "사이"에 존재하는 시간이다. 다시 말해 "0시"는 "태어나는 의미와 의미를 뒤엎는 허무, 그 틈새"의 시간으로서 생명 혹은 시가 "쳐들어오는" 생성의 시간이자 "빠져나가는" 소멸의 시간이다. 이러한 생성과 소멸로 인한 "허무"의 반복, "허무를 서른세 번째 해부하는" 시간인 것이다. 시간에 대한 이러한 인식은 니체가 말했던 영원회귀의 사상이 연상된다. 삶의 진리라는 것은 불변의 것이 아니라 순간순간 변화와 생성의 연속일 뿐이라는 니체의 허무주의가 드리워져 있다. 니체 식으로 말하면 삶은 죽음, 생성과 소멸이 하나일 수밖에 없다는 허무를 인정하는 순간 인생과 시에 대한 긍정적인 태도를 갖게 된다. 그

긍정의 힘은 순간적인 삶을 부단히 변화시키면서 창조적인 삶을 살아가게 하는 에너지가 된다. 따라서 "0시"는 현실의 시간을 넘어서 창조적인 삶이 가능한 시간, 시의 시간이다.

김길나의 시에서 "0시"는 역설적 의미를 지니는 상징으로 빈도 높게 등장한다. 그것은 "0시"라는 시간이 하루 24시간의 출발점이자 종착점으로서의 모순을 포괄한다는 속성에 주목한 결과이다. 시집 『둥근 밀떡에서 뜨는 해』에는 「0時에서 0時 사이」라는 제목의 연작시가 10여 편 등장하기도 하고, 다른 시집에서도 "0시"는 시의 제목이나 소재로 자주 등장한다. 그들 가운데 인상적인 시구를 몇 개 추려보면 ① "영원의 특이점"(「0時」), ② "영원이며 찰나인 0時"(「0時-합환지」), ③ "자전하는 둥근 시간/ 꽉 차고 텅 비는/ 교환이다"(「0時에서 0時 사이-둥근 바퀴」) 등과 같다. ①은 우주물리학에서 말하는 중력의 무한대 상태로서 우주 붕괴의 말기나 우주 팽창의 시초를 의미하는 모순의 공간이다. 또한 ②에서처럼 "영원"과 "찰나"를 동시에 지니는 모순의 시간이며, ③과 같이 스스로 존재하는 "꽉 차고 텅 비는" 모순의 속성을 함의한다. 김길나의 시에서 이러한 모순이 시적 상상력과 결합하면서 우주와 생명의 근원적 속성으로서의 역설의 원리를 형상화하는 데까지 나간 것이다.

3. 웜홀의 에로티시즘

"0시"가 역설적 원리에 의한 생성과 창조의 시간이라면

그에 상응하는 공간은 어떤 모습일까? 현대 우주물리학에 의하면, 부피가 0이 되고 질량은 무한대가 되는 순간, 하나의 우주가 소멸하고 새로운 우주가 탄생한다고 한다. 우주의 종말과 시작에 관한 이러한 아인슈타인의 이론은 우주에 관한 새로운 인식을 가져왔다. 이 시집에 연작 형식으로 등장하고 있는 "웜홀"과 관련된 다수의 시편들은 그런 인식을 기반으로 하는 과학적, 상상적 형상을 보여준다.

> 총은 이미 벌레들로 장전되어 있다
> 별이 죽는 시간을 밤이라 호칭하는 이곳에서
> 폭발하는 것들의 불꽃이 밤을 꽃피게 하고
> 현장인 구멍, 거기 격렬하게 빨려들어
> 숨 가쁘게 발사되는 총알들,
> 리비도의 소용돌이인 야성의 통로에서 이미
> 벌레들의 웜홀 여행은 시작되었다
> 죽음을 통과하는 열정의 속도만큼
> 경주는 치열하고 통로는 칠흑의 카오스다
> 생명에 닿기 전 모든 가능성과 파괴가 혼재하는
> 순간은, 아슬아슬하다 벌레들의 자살이 창궐한다
> 생성과 소멸이 격돌하는 순간에 퍽퍽 쓰러지는 벌레들 곁에
> 이 세상에서 반쪽짜리로 죽어간 것들의 쉼표들이 나뒹군다
> 마침표는 생사를 가른 가혹한 질주 끝에 완성되었다
> 이제야 보인다 통로 끝머리에 둥글게 차오른
> 저것! 사랑의 알이다 갈망이 만월로 부푼

에로스 신전이다!

고독한 닿소리를 꼬리에 매단 벌레 한 마리

마침내 닿는다 목마른 모음으로 출렁이는 신천지에

순간, 생명 프로그램은 자동 시행되었다

별에서 벌레로, 벌레에서 호모사피엔스까지

길고 먼 유전의 여정을 담고 한 줄의 문장으로 읽힐

나는 웜홀 밖으로 나왔다

지구라는 또 하나의 자궁 속으로

자전하는 지구의 블랙홀로

—「웜홀 여행-기이한 순간들」 전문

제목의 "웜홀 여행"은 물론 상상의 여행일 터, 이 시는 "웜홀"이라는 우주물리학 현상을 에로티시즘으로 비유한다(혹은 그 반대로 볼 수도 있다.)는 점에서 특이하다. 우주물리학에서 "웜홀"은 블랙홀과 블랙홀을 연결하는 통로 구실을 한다. 이때 하나의 블랙홀을 하나의 우주라고 한다면, 다른 하나의 블랙홀 역시 또 하나의 우주라고 할 수 있다. 만일에 "웜홀"을 통해 하나의 블랙홀에서 다른 블랙홀로 여행을 한다면 시간과 공간이 전혀 다른 세계를 만나게 된다. 그리하여 "웜홀"을 통과하는 일은 이전과는 전혀 다른 차원의 새로운 우주 세계로 진입하는 것이다. 흥미로운 것은 이러한 "웜홀"의 특성과 여성의 자궁이 하나의 생명을 탄생시키는 과정과 다르지 않다고 본다는 점이다.

시의 모두에 등장하는 "총"은 정신분석학적 측면에서 보면 남근을, "벌레들"("총알들")은 남성의 정액을 의미하는 것으로 볼 수 있다. 또한 "폭발하는 것들의 불꽃이 밤을 꽃 피게" 한다는 것은 남녀의 열렬한 사랑 행위를, "리비도의 소용돌이인 야성의 통로에서 이미/ 벌레들의 웜홀 여행이 시작되었다"는 것은 자궁을 향한 정자들의 질주를 연상케 한다. 그런데 수많은 정자들 가운데 "사랑의 알"(난자)을 만나 생명을 탄생시킬 수 있는 것은 오직 하나뿐이다. 그리하여 이 "여행"은 "생사를 가르는 가혹한 질주"이자 "죽음을 통과하는 열정"이다. 그러한 지난한 과정을 통과한 하나의 "벌레"가 결국 "사랑의 알" 혹은 "에로스의 신전"에서 새 생명으로 잉태되는 것이다. 그 이후에 "생명 프로그램은 자동 시행"되면서 이 지상에 하나의 생명이 등장하여 살아가게 되는 셈이다. 이처럼 이 시는 "나"가 리비도의 욕망에서 출발하여 잉태와 출산을 거쳐, 하나의 생명으로 태어나는 과정을 "지구라는 또 하나의 자궁" 혹은 "지구의 블랙홀"에 진입하는 것으로 본다. 사실 주체적 존재론에 따르면 하나의 생명이 탄생한다는 것은 하나의 지구, 하나의 우주가 탄생하는 일과 다르지 않으니, 이 시의 전체적인 시상은 시적 설득력이 충분하다.

사랑과 생명 탄생의 과정을 "웜홀"의 원리와 동일시하는 것은 작은 생명과 거대한 우주의 상관성을 직관적으로 인식한 결과이다. 그런데 시인은 이 원리의 발견에서 한 걸음 더 나아가 사랑의 과정뿐만 아니라 연속적 일체감을 지향하는 사랑의 근본적 속성마저도 우주의 원리와 흡사하다는 점을 발견한다. 물론 과학적 발견이 아니라 시적 발견이다.

이미 거대한 구멍은 뚫려 있는 것
구멍, 빛을 감금하고 혼돈을 방생하는 아나키즘의 늪
구멍, 약육을 삼킨 강식자의 피 묻은 혀들이 첩첩이 포개지는 에로틱한 동굴
구멍, 초강력 빨대에 빨려든 연인들을 하나로 맷돌질하는 사랑의 칠흑 구렁
구멍, 죽음의 밀도가 삶을 압착하는 현장

그리고 삼키고 쏟아내는 이쪽과 저쪽의 두 개의
구멍, 그 통로는 위험하고 사건은 잔인하다
식욕이 왕성할수록 허기져 있는 블랙홀이 너와
내가 겨우 피신해 있는 사건지평선을 확 잡아당긴다
물러날 곳이 없다

—「지평선」 부분

이 시의 "지평선"은 우주물리학 용어로 블랙홀의 경계선인 '사건의 지평선'을 의미한다. '사건의 지평선'은 외부에서 물질이나 빛이 자유롭게 안으로 들어갈 수 있지만, 밖으로는 외부로 나갈 수 없는 경계의 선이다. 그것은 마치 에고가 강한 사람의 속성과 비슷하여 자신을 향한 구심적 이기심만 가지고 있다. 그러나 아무리 중력이 강한 블랙홀일지라도 나란히 두 개의 블랙홀이 있으면 "구멍"(웜홀)을 만들어

서로를 끌어당긴다. 무한중력으로 인해 그 "지평선"이 안으로 끌려들어가는 것은, 마치 이기적 에고를 지닌 사람이 사랑하는 사람을 향해 강력하게 이끌리는 것과 다르지 않다. 인간의 사랑이란 바로 이러한 블랙홀의 현상과 같이 상대를 강력하게 끌어들여 온전히 하나가 되고자 하는 것과 마찬가지다. 이것이 바로 "초강력 빨대로 빨려든 연인들"을 통해 보여주는 "물러날 곳이 없는" 절박한 사랑의 속성이다. 이처럼 두 블랙홀 사이에 존재하는 "구멍"은 사랑의 대상과 나, 외계와 내면이 일체화되는 세계인 것이다.

사랑이 상대와의 일체화를 지향하는 속성을 지닌다는 인식의 밑바탕에는 유기체적 세계관이 자리를 잡고 있다. 유기체적 세계관은 근대 사회를 지배했던 기계적 세계관을 극복하고자 하는 사상이라는 점에서 성숙한 사랑의 원리와 유사하다. 사랑이란 주체가 연대와 동일시를 통해 타자와 하나의 운명 공동체로 나아가는 일이기 때문이다.

복숭아 향이 먼 회귀선을 넘어와 지금 여기서
붐빈다 한 알의 복숭아 안에 복숭아꽃이 들어 있다
꽃이 입 맞춘 나비들이 꽃 속으로 들어와 날아다닌다
모든 어제의 어제가 깨어 있는 안의 안,
그 중첩된 내부로 누군가 들어왔다
도화 빛 물든 복숭아 표층에 구멍이 뚫린 날,
저쪽 외계 생명체가 이쪽 내부로 들어왔다
…(중략)…

그것, 구렁이었다

그에게 사랑은 밥이었으므로

폭력이고 정복이고 그 완성은 죽임이었으므로

먹히는 사랑에 병든 그녀는 물큰해지도록 농익어갔다

나는 벌레 든 그녀를 입에 넣고 삼켰다

구멍 뚫린 도화 빛 세상 한 알이

또 다른 입구로 들어온 것이다

—「웜홀 여행-벌레 구멍」 부분

이 시는 세 개의 사건으로 구성되어 있다. ① 한 알의 복숭아가 열매 맺는 과정, ② 그 복숭아에 구멍을 내는 벌레의 행위, ③ "나"가 그 복숭아를 먹는 일이 그것이다. 그런데 이러한 사건들의 배후에 공통적으로 존재하는 기본 원리는 우주에 존재하는 모든 것들은 상관적으로 존재한다는 유기체적 세계관이다. 그리고 이러한 사건들이 우주 현상으로서의 "웜홀"과 다르지 않다고 한다. ①은 "한 알의 복숭아 안에 복숭아꽃이 들어 있"고, "나비들이 꽃 속으로 들어와 날아다닌다"는 시구에 드러난다. 한 알의 복숭아가 탄생하기 위해서는 내외부의 다양한 존재들이 관여를 하고 있다는 것이다. ②는 벌레가 "복숭아"에 구멍을 내는 일을 "외계 생명체가 이쪽 내부도 들어왔다"고 하고, "복숭아"를 갉아먹는 일을 "중력의 무 공간에 터널을 뚫는 일, 집 한 채를 짓는 일"에 비유한다. 그리고 그 "집"을 짓는 일이 "폭력이고 정복이고 그 완성은 죽임"인 "사랑"의 과정이라고 본다. 사랑이란 에로스와 타나토스가 하나의 몸으로 구성되는 것이라는 속성에 대한 깨달음을 노래한 것이다.

그리하여 "나"가 그 "복숭아"를 먹는 일을 "벌레 든 그녀를 입에 넣고 삼켰다"고 한다. ③에 해당하는 이 사건은 "구멍 뚫린 도화 빛 세상 한 알이/ 또 다른 입구로 들어온 것"이라고 한다. "복숭아"를 먹는 일은 그것이 열매가 되기 위한 모든 과정이나, 그 열매를 벌레가 먹고 생명을 이어가는 과정과 연속적인 사건이 되는 셈이다. ③이 결국은 ①이나 ②와 불가분의 연속 관계 놓이면서 세 사건은 모두 우주의 탄생 혹은 "나"의 탄생이라는 하나의 큰 사건으로 일체화되는 것이다. "꽃"과 "나비"가 "복숭아"가 되고 "복숭아"가 "벌레"가 되고 "벌레"가 다시 "나"가 되는 과정, 그것은 지구가 태양계와 연속적이고 태양계가 은하계와 연속적이고 은하계가 다시 우주와 연속 관계에 놓이는 원리와 일치한다고 보는 것이다. 이것은 동시에 인간의 본성인 사랑 행위로까지 이어지면서 무기물, 유기물, 인간 등이 연속 관계에 놓이는 것이라는 전일체적 우주관을 드러낸 셈이다.

4. 경계, 역설의 동력

사랑은 "웜홀"과 동일한 속성을 지녔다는 것, 작은 미물에서 광대한 우주는 모두가 연속적 관계망 속에 존재한다는 것, 이런 인식의 배후에는 경계 혹은 제3의 지대에 대한 역설적 사유가 내재한다. 모순되는 것들을 일체화시켜주는 경계는 역설적 인식의 자리이다. 이런 인식은 파편적이고 평면적인 세계관을 극복하여 총체적이고 입체적으로 세계관으로 나아가게 한다. 시인은 우주의 원리와 생명의 원리, 시의 원리가 다르지 않다는 점을 강조하고자 하는 것이다.

이곳과 저곳에서 새가 없어지고 새가 난다
경계에서 새는 죽고 새는 죽지 않았다

나는 죽은 새와 살아 있는 새를
동시에 지니고 있다

이곳과 저곳을 오고 가는 태양이 경계에서 솟는다
아직 살해되지 않은 꽃이 오고 있다
꽃 속에 동거했던 물이 달콤하고도 여린 성분을 감추고
힘세게 바람으로 오고 있다

경계를 지우고자 꿈꾸며 경계에서 피어나는 슬픈 역설을
우리는 이곳에서 사랑이라 불렀다
흐르는 물, 흐르는 바람, 흐르는 불인 사랑의
열역학과 이동에 대해 아는 바가 없으므로 우리는 침묵했다

…(중략)…

소년이 아파트 옥상으로 올라갔다
옥상과 바닥의 경계에서 소년이 사라졌다
사건은 모든 경계에서 이미 일어나고 있다
경계에서 나는 살아 있고 나는 죽어 있다

—「경계에서」 부분

"경계"는 이 시집 전체를 관통하는 하나의 인식론적 원점이다. 그곳은 "새는 죽고 새는 죽지 않았다" 혹은 "나는 살아 있고 나는 죽어 있다"는 모순을 함께 끌어안는 세계이다. 삶을 더 긍정하고 새롭게 살아가기 위해서는 죽음을 인정하면서, 삶과 죽음이라는 모순을 역설적으로 승화시켜야 하는 것이다. 사실 인간을 포함한 모든 생명은 유한적인 존재로서 언젠가는 죽음을 외면할 수 없는 존재이다. "사랑"의 속성도 그와 비슷한 것이어서 에로스와 타나토스를 한 몸에 담고 있다. 죽음을 감싸 안은 삶 혹은 사랑에 대한 인식은 정신의 "혁명"과도 같은 것으로서 우주의 존재 원리와도 다르지 않다. 그래서 시인은 "죽은 별들의 불변의 에너지가 그곳으로/ 건너가 폭풍이 인다"고 말할 수 있는 것이다. 생명과 사랑이 영원하다는 것은 그런 현상이 끝없이 반복되기 때문이다. 이는 우주에서 별의 죽음이 다른 에너지로 변전하여 끝없이 새로운 별을 탄생시키는 것과 마찬가지다. 이런 원리는 "경계"에 대한 인식을 통해 "나는 죽은 새와 살아 있는 새를 동시에 지니고 있"을 뿐만 아니라, "경계를 지우고자 꿈꾸며 경계에서 피어나는 슬픈 역설"의 세계에 다가

가게 한다. 이 "역설"은 "나"와 "새" 표상된 생명과 사랑과 우주의 존재 원리이자 시 쓰기의 원리이다.

이렇듯 우주물리학적 현상들이 과학적 지식이나 정보에 머물지 않고 시적 상상의 영역과 만날 수 있게 되는 것은 역설의 원리에 의지한다. 역설은 우주의 명멸과 생명의 생사의 모순을 넘어 더 크고 깊은 우주와 생명으로 나아가는 상상의 통로이다.

거기, 종착과 시발의 합류인 장대한 시공간이 원형으로 돌돌 말려 있다 신기한 세계는 그러니까 씨앗이었던 것!

꽃은 죽고 꽃은 살고, 이 역설의 동력이 집합되고 압축된 몸체는 눈곱만 한 씨앗이었던 것!

종점에서 하차한 나는 티끌만큼 작아져서 말을 잃고 손발을 잃고 시푸른 구멍으로 빠져들고 말았다

아득한 씨앗우주의 웜홀로 빨려들었다
이제 곧 다른 우주로의 여행이 시작될 것이다

—「웜홀 여행-씨」 부분

하여, 내 안에 숨은 폐허가 당신의 자기장에 끌려들어가는 순간이 오고

끝내 나는 당신의 적멸을 향해 산화한다고 최후 기록
을 남긴다

이제, 나는 없다

—「달에게 투신」 부분

앞의 시는 "씨앗"에 응축된 "역설의 동력"을 말하고 있다. 생명의 삶과 죽음, 우주의 "종착과 시발"과 같은 모순되는 것들이 하나의 작은 "씨앗"에 담겨 있다는 것이다. 식물학적으로 작은 "씨앗"은 이전의 식물이 죽음으로써 생겨난 열매지만, 그것이 싹을 틔우면 하나의 온전한 생명이 다시 탄생한다. 우주의 "씨앗"인 "웜홀"도 마찬가지다. 블랙홀의 소멸과 화이트홀의 확장성을 모두 간직한 것으로서 새로운 우주의 계기이다. 뒤의 시는 "달" 탐사선이 "달"이 지니고 있던 환상을 벗어버리고 그 황량한 실체를 보아버린 사실을 시상의 모티브로 삼는다. 그러나 그 이면적 의미는 "달"에 인간의 감정을 투사하여 마치 연인의 황량한 내면세계를 보아버렸다는 뜻이 된다. 즉 "나"는 그 황량함으로 인하여 연인에 대한 동정심과 사랑의 계기가 마련될 수 있을 것임을 생각한다. 뒷부분에서 "극단을 뒤엎는 역설의 미학을 지금 탐색 중"이라는 것은 그러한 의미이다. 이렇듯 "역설"은 우주적 상상의 한 방식이면서 생명과 인생의 근본 원리를 탐색하는 방식인 것이다.

5. 나무가 된 시인

다른 우주를 꿈꾼다는 것은 '다른 상상'의 세계를 창조하는 일이다. 김길나 시인은 '다른 상상'을 위해 블랙홀, 웜홀, 화이트홀, 사건의 지평선, 특이점 등 우주물리학적 용어들을 자주 동원한다. 이들이 아직 명확히 실증되지 않은 가설에 머물러 있을지라도 이들로 인하여 시적 상상의 세계가 광대한 우주의 영역으로까지 확장되고 있는 것은 사실이다. 이처럼 유의미한 시적 상상이 얼마나 오랫동안 지속될 것인지는 가늠하기 어렵지 않다. 김길나 시인의 끝없이 생성 소멸하는 나무가 되고자 한다는 고백을 들어보면, 우주와 생명과 시는 마침내 영원히 회귀할 것임을 어렵지 않게 짐작할 수 있다.

> 한때, 견고했고 불꽃이기도 했던 몸들이 녹아 흐르는
> 물, 삶과 죽음의 소용돌이를 걸러낸
> 물, 걸러진 고요 속에서 푸른 힘을 뽑아 올린
> 물, 그 물을 내부로 빨아들이며 나무들이
> 시를 쓴다
>
> 수없이 잎을 지우고
>
> 꽃을 넘어온

과육

씨알로 되돌아올 줄 아는 시는, 그러므로
죽지 않는다
나무가 된 시인의 시집을 나는 혀로 읽어 삼켰다
시인이 시 안에서 살고 있는 시를

—「나무시집」 전문

이 시에서 시를 쓰는 주체인 "나무들"은 하나의 우주와 다른 우주를 연결하는 우주수宇宙樹이다. 이 나무가 시를 쓰는 데 자양분으로 삼는 것은 "삶과 죽음의 소용돌이를 걸러낸/ 물"이다. 즉 삶은 죽음과 함께 한다는, 죽음이 삶의 일부라는 역설적 인식이 그것이다. 이러한 역설은 "수없이 잎을 지우고// 꽃을 넘어" 비로소 "과육"이 되었다가, 다시 "씨알로 되돌아올 줄 아는 시"의 탄생 원리이다. 한 알의 "씨알"이 "잎"과 "꽃"과 "과육"으로 거쳐 다시 "씨알"이 되는 무한("수없이") 반복의 과정은 니체가 말하는 영원회귀의 세계관과 다르지 않다. 완벽한 시라는 목표에는 이를 수 없을지라도 허무의 순간 순간을 긍정하면서 시적 언어로 옮기는 영원한 반복이 곧 시 쓰기인 것이다. 이러한 인식이 바로 "나무가 된 시인"이 부단히 시를 쓰게 하는 창조의 특이점, 혹은 다른 우주로의 여행을 꿈꾸는 것을 가능하게 하는 언어의 "웜홀"이다. 이 시(집)의 주인공인 "나무가 된 시인"은 그런 세계관을 시심의 근간으로 삼고 있는 김길나 시인과 다르지 않음은 물론이다. 그러므로 자연히 김길나 나무 이후에도 또 다른 김길나 나무가 태어나 다시, 또 다시 시의 열매를 맺을 것이다.